U0033420

二魚文化

閻連科

一個人的三條河

目錄

父親的樹

記得的，有段年月的一九七八年，是這個時代中印記最深的，如同冬後的春來乍到時，萬物恍恍惚惚甦醒了，人世的天空也藍得唐突和猛烈，讓人以爲天藍是染雜了一些假——忽然的，農民分地了。政府又都把地分還給了農民們，宛同把固若金湯的城牆砸碎替農民作製成了吃飯的碗，讓人不敢相信著。讓人以爲這是政策翻燒餅、做遊戲中新一次的躲貓貓和捉迷藏。農民們也就一邊站在田頭燦爛地笑；另一邊，有人就把分到自家田地中的樹木都給砍掉了。

田是我的了，物隨地走，那樹自然也該是我家的財產和私有。於是間，就都砍，大的和小的，泡桐或楊樹。先把樹伐掉，抬到家裡去，有一天政策變了臉，又把田地收回到政府的冊帳和手裡，至少家裡還留有一棵、幾棵樹。這樣兒，人心學習，相互比攀，幾天間，田野裡、山坡上的那些稍大的可檩可梁的樹木就都不在了。

我家的地是分在村外路邊的一塊平壤間，和別家田頭都有樹一樣，也有一棵越過碗粗的箭楊樹，筆直著，在春天，楊葉的掌聲嘩脆脆的響。當別家田頭的樹都只有溜地的白茬樹樁時，那棵楊樹還孤零零地立著，像一個單位廣場上的旗杆樣。爲砍不砍那棵樹，一家人是有過爭論的。父親也是有過思忖的。他曾經用手和目光幾次去拃量樹的粗細和身高，知道把樹伐下來，蓋房做檩是絕好的材料和支援，就是把它賣了去，也可以賣上幾十近百元。

幾十近百元，是那年代裡很壯的一筆錢。

可最終，父親沒有砍那樹。

鄰居說：「不砍呀？」

父親在田頭笑著回人家：「讓它再長長。」

路人說：「不砍呀？」

父親說：「它還沒眞正長成呢。」

就沒砍。就讓那原是路邊田頭長長一排中的一棵箭楊樹，孤傲挺拔地豎在路邊上、田野間，仿佛是豎著的鄉村人心的一杆旗。小盆一樣粗，兩丈多高，有許多「楊眼」嫵媚明快地閃在樹身上，望著這世界，讀著世界的變幻和人心。然在三年後，鄉村的土地政策果不其然變化了。各家與各家的土地需要調整和更換，還有一部分政府要重新收回去，分給那些新出生的孩子們。於是間，我家的地就冷猛是了別家田地了，那棵已經遠比盆粗的楊樹也成了人家的樹。

成了人家的地，也成了人家的樹。可在成了人家後的第三天，父親、母親和二姐們從那田頭上過，忽然發現那遠比盆粗的樹已經不在了，路邊只還有緊隨地面白著的樹樁。樹樁的白，如在雲黑的天空下白著的一片雪。一家人立在那樹樁邊，仿佛忽然立在了懸崖旁，面面相覷著，不知二姐和母親說了啥，懊悔、抱怨了父親一些什麼話。父親沒接話，只看了一會那樹樁，就領著母親、二姐朝遠處我家新分的田地去了。

到後來，父親離開人世後，我念念想到他人生中的許多事，也總是念念想起那棵屬於父親的樹。再後來，父親入土爲安了，他的墳頭因爲幡枝生成，又長起了一棵樹。不是箭楊樹，而是一棵並不成材的彎柳樹。柳樹由芽到枝，由胳膊的粗細，到了碗狀粗。山坡地，不似平壤的土肥與水足，那棵柳樹竟也能在歲月中堅韌地長，卓絕地與風雨相處和廝守。天旱了，它把柳葉捲起來；天澇了，它把滿樹的枝葉蓬成傘。在酷夏，烈日如火時，那樹罩著父親的墳，也涼爽著我們一家人的心。

至今鄉村的人多還有迷信，以爲幡枝發芽長成材，皆是很好很好的一樁事。那是因爲人生在世有許多厚德，上天和大地才讓你的荒野墳前長起一棵樹，寂時伴你說話和私語，鬧時你可躲在樹下尋出一片兒寂。以此說，那墳前的柳樹也正是父親生前做人的延續和回報。也正是上天和大地對人生因果的理解寫照和詮釋。我爲父親墳頭有那棵樹感到安慰和自足。每年上墳時，哥哥、姐姐也都會把那彎樹修整一下枝，讓它雖然彎，但卻一樣可以在山野荒寂中，把枝葉升旗一樣揚起來。雖然寂，卻更能寂出鄉村的因果道理來。就這麼，過了二十幾年後，那樹竟然原來弓彎的腰身也被天空和生長拉得直起來，竟然也有一丈多的高，和二十多年前我家田頭的楊樹一樣粗，完全可以成材使用對人支援了。

我家祖墳上有許多樹，而屬於父親的那一棵，卻是最大最粗的。這大約一是因爲父親下世早，那樹生長的年頭多；二是因爲鄉村倫理中的人行與德品，原是可以在因果中對墳地和樹木給以給養的。我相信了這一點。我敬仰那屬於父親的樹。可是今年正月十五間，我八十歲的三叔下世時，我們一片雪白地把他送往墳地時，忽然看見父親墳前的樹沒了。被人砍去了。樹樁呈著歲月的灰黑色，顯出無盡的沉默和蔑視。再看別的墳頭的樹，大的和小的，也都一律不在了，被人伐光了。再看遠處、更遠處別家墳地的樹，原來都是一片林似的密和綠，現在也都蕩蕩無存、光光禿禿了。

想到今天鄉村世界的繁華和鬧亂；想到今天各村村頭都有晝夜不息的電鋸轟鳴聲，與公路邊上的幾家木材加工廠和木器製造廠的經營和發達；想到那每天都往城市輸運的大車小車的三合板、五合板和膠合板；想到路邊一年四季都赫然豎著的大量收購各樣木材的文明華麗的看板；想到我幾年前回家就看到村頭路邊早已沒了樹木的蕩蕩潔淨和富有，也就豁然明白了父親和他人墳頭被人砍樹的原委和因果，也就只有了沉默和沉默，無言和無言。

只是默默念念地想，時代與人心從田頭伐起，最終就砍到了墳頭上。只是想，父親終於在生前死後都沒了他的樹，和人心中最終沒了旗一樣。只是想，父親墳前的老椿在春醒之後一定會有新芽的，但不知那芽幾時才可長成樹；成了樹又有幾年可以安穩無礙地豎在墳頭和田野上。

想念父親

土地的身影

到今年，我父親已經離開我們二十五年了。

二十五個春春秋秋，是那麼漫長的一河歲月。在這一河歲月的漂流中，過去許多老舊的事情，無論如何，卻總是讓我不能忘卻。而最使我記憶猶新、不能忘卻的，比較起來，還是我的父親和父親在他活著時勞作的模樣兒。他是農民，勞作是他的本分，唯有日夜的勞作，才使他感到他的活著和活著的一些意義，是天正地正的一種應該。

很小的時候——那當兒我只有幾歲，或許是不到讀書的那個年齡吧，便總如尾巴樣隨在父親身後。父親勞作的時候，我喜歡立在他的身邊，一邊看他舉鎬弄鍬的樣子，一邊去踩踏留在父親身後或者他身邊的影子。

這是多少、多少年前的事情了——那時候各家都還有自留地，雖然還是社會主義的人民公社，土地公轄，但各家各戶都還被允許有那麼一分幾分的土地歸你所有，任你耕種，任你做作。與此同時，也還允許你在荒坡河灘上開出一片一片的小塊荒地，種瓜點豆，植樹栽蔥，都是你的權益和自由。我家的自留地在幾里外一面山上的後坡，地面向陽，然土質不好，全是褐黃的礓土，俚語說是塊料礓地，每一鍬、每一鎬插進土裡，都要遇到無角無楞、不方不圓、無形無狀的料礓石。每年犁地，打破犁鏵是常有的事。爲了改造這土地，父親連續幾年冬閒都領著家人，頂著寒風或冒著飛雪到自留地裡刨刨翻翻，用钁頭挖上一尺深淺，把那些礓石從土裡翻撿出來，大塊的和細小瘦長的，由我和二姐抱到田頭，以備回家時擔回家裡，堆到房下，積少成多，到有一日翻蓋房子時，壘地基或表砌山牆所使用，塊小或徹底尋找不出一點物形的，就挑到溝邊，倒進溝底，任風吹雨淋對它的無用進行懲處和暴力。

父親有一米七多的個頭，這年月算不得高個，可在幾十年前，一米七多在鄉村是少有的高個兒。那時候，我看著他把钁頭舉過頭頂，钁刺兒對著天空，晴天時，那刺兒就似乎差一點鉤著了半空中的日頭；陰天時，那刺兒就實實在在鉤著了半空的遊雲。因爲一面山上，只有我們一家在翻地勞作，四處靜得奇妙，我就聽見了父親的钁頭鉤斷雲絲那咯咯叭叭的白色聲響。追著那種聲音，就看見钁頭在半空凝寂了片刻之後，一瞬間，又暴著力量往下落去，深深地插在了那堅硬的田地裡。而父親那由直到彎的腰骨，這時會有一種柔韌的響聲，像奔跑的汽車軋飛的沙粒樣，從他那該洗的粗白布的襯衣下飛奔出來。父親就這樣一钁一钁地刨著，一個時辰、一個時辰在他的钁下流去和消失。一個冬日又一個冬日，被他刨碎重又歸新組合著。每天清晨，往山坡上去時，父親瘦高的身影顯得挺拔而有力，到了日落西山，那身影就彎曲了許多。我已經清晰無誤地覺察出，初上山時，父親的腰骨，就是我們通常說的筆直的腰杆兒，可一鑁一鑁地刨著，到了午時，那腰杆兒便像一棵筆直的樹上掛了一袋沉重的物件，樹幹還是立著，卻明顯有了彎樣。待在那山上吃過帶去的午飯，那樹也就卸了吊著的物件，又重新努力著撐直起來，然而到了日過平南，那棵樹也徹底彎下，如掛了兩袋、三袋更爲沉重的物體，仿佛再也不會直了一般。然儘管這樣，父親還是一下一下有力地把钁頭舉在半空，用力地讓钁頭暴落在那塊料礓地裡，直到日頭最終沉將下去。

我說：「爹，日頭落了。」

父親把钁頭舉將起來，看著西邊，卻又問我道：「落了嗎？」

我說：「你看——落了呢。」

每次我這樣說完，父親似乎不相信日頭會眞的落山，他要首先看我一會兒，再把目光盯著西邊看上許久，待認定日頭確是落了，黃昏確是來了，才最後把钁頭狠命地往地上刨一下，總結樣，翻起一大塊硬土之後，才會最終把钁頭丟下，將雙手卡在腰上向後用力仰仰，讓彎久的累腰響出特別舒耳的幾下嘎巴嘎巴的聲音，再半旋身子，找一塊高凸出地面的虛土或坷垃，仰躺上去，面向天空，讓那虛土或坷垃正頂著他的腰骨，很隨意、很舒展地把土地當做床鋪，一邊均勻地呼吸，一邊用手抓著那濕漉漉的碎土，將它們在手裡捏成團兒，再揉成碎末，這樣反復幾下，再起身看看他翻過的土地，邁著勻稱的腳步，東西走走，南北行行，丈量一番，在心裡默算一陣，又用一根小棍，在地上筆算幾下，父親那滿是紅土的臉上，就有了許多淺色粲然的笑容。

我問：「有多少地？」

父親說：「種豆子夠咱們一家吃半年豆麵，種紅薯得再挖一個窯洞。」

然後，就挑起一擔我撿出來的料礓石，下山回家去了。那料礓石雖然不似鵝卵石那麼堅硬沉重，可畢竟也是石頭，挑起時父親是拄著钁柄才站了起來的。然他在下山的路上，至多也就歇上一息兩息，就堅持著到了家裡。路上你能看見他的汗一粒粒落在地上，把塵土砸漫出豆夾窩似的小坑，像落在日頭地裡的幾滴很快就又將被曬乾的雨滴一樣。我跟在父親身後，扛著他用了一天的钁頭，覺得沉重得似乎能把我壓趴在地上，很想把那柄钁頭扔在腳地，可因爲離父親越來越遠，竟還能清楚地聽見他在那一擔礓石下整個脊骨都在扭曲變形的哢嘣哢嘣的聲響，便只好把钁頭從這個肩上換到那個肩上，迅速地小跑幾步，更近地跟在他的身後，以免落在黃昏的深處。

土地與人

到了家裡，父親把那一擔礓石放在山牆下邊，似乎是徹底用完了自己的氣力，隨著那兩筐落地的礓石，他也把自己扔坐在礓石堆上。如果黃昏不是太深，如果天氣不是太冷，他就坐在那兒不再起來，讓姐們把飯碗端將出去，直到吃完了夜飯，才會起身回家，才算正式結束了他一天的勞作。這個時候，我就懷疑回家倒在床上的父親，明天是否還能起得床來。然而，來日一早，他又如上一日的一早一樣，領著我和家人，天不亮就上山翻地去了。

這樣過了三年，三年的三個冬天，我們家的那塊土地徹底地翻撿完了。家裡山牆下堆的黃色的礓石，足夠表砌三間房的兩面山牆，而田頭溝底倒堆的礓石也足有家裡的幾倍之多。你不敢相信一塊地裡會有這麼多的礓石。你終於知道那塊比原來大了許多的自留地，其實都是從礓石的縫中翻撿出來的，也許七分，也許八分，也許有一畝見餘。總之，那塊田地對幾歲的你來說，猶如一片廣場，平整、鬆軟，散發著深紅香甜的土腥，就是你在田地裡翻筋斗、打滾兒，也不會有一點堅硬劃破你的一絲皮兒。因此，你似乎懂得了一些勞作和土地的意義，懂得了父親在這個世上生存的意義。似乎明白，作為農民，人生中的全部苦樂，都在土地之上，都根在土地之中，都與勞作息息相關。或者說，土地與勞作，是農民人生的一切苦樂之源。尤其從那年夏天開始，那塊土地的邊邊角角，都經過了根徹的整理，低凹處的邊岸用礓石壘了邊壩，臨路邊易進牛羊的地方，用棗刺封插起來，太過尖角的地腦，落不了犁耙，就用鐵鍁細翻了一遍，然後，在地裡扒出一片蘑菇似的紅薯堆，一家人又冒著酷暑，在幾里外的山下挑水，在那塊田裡栽下了它成爲眞正的田地之後的第一季的紅薯苗兒。

也許是父親的勞作感動了天地，那一年風調雨順，那塊田地的紅薯長勢好極，因爲翻撿礓石時已經順帶把草根扔了出去，所以那年的田裡，除了油黑旺茂的紅薯秧兒，幾乎找不到幾棵野草。凡從那田頭走過的莊稼人，無不站立下來，扭頭朝田裡凝望一陣，感歎一陣。這時候如果父親在那田裡，他就會一邊翻著茂如草原的紅薯秧棵兒，一邊臉上漫溢著輕快的歡笑。

人家說：「天呀，看你家這紅薯的長勢！」

父親說：「頭年生土，下年就不會這樣好了。」

人家說：「我家冬天糧不夠時，可要借你們家的紅薯呀。」

父親說：「隨便，隨便。」

爲了儲存那一地的紅薯，父親特意把我家臨著村頭寨牆的紅薯窯中的一個老洞又往大處、深處擴展一番，並且在老洞的對面，又挖了更大的一眼新洞。一切都準備完畢，只等著霜降到來前後，開始這一季的收穫。爲了收穫，父親把頹禿的钁頭刺兒請鐵匠加鋼後又撚長了一寸。爲了收穫，父親在一個集日又買了一對挑紅薯的籮筐。爲了收穫，父親把捆綁紅薯秧兒的草繩，搓好後掛在了房檐下面。工具、心情、氣力，都已經準備好了，剩下的就是等待霜降的來降。

西曆十月九日，是霜降前的寒露，寒露之後半月，也就是了霜降。可到了寒露那天，大隊召開了一個群眾大會，由村支書傳達了由中央到省裡，又由省裡至地區和縣上，最後由縣上直接傳達給各大隊支書的紅印檔。檔說人民公社絕對不允許各家各戶有自留地的存在。各家各戶的自留地，必須在檔傳達之後的三日之內，全部收歸公有。

那是一九六六年的事。

一九六六年的那個寒露的中午，父親從會場上回來沒有吃飯，獨自坐在上房的門檻兒上，臉色灰白陰沉，無言無語，惆悵茫然地望著天空。

母親端來一碗湯飯說：「咋辦？交嗎？」

父親沒有說話。

母親又問：「不交？」

父親瞟了一眼母親，反問說：「能不交嗎？敢不交嗎？」

說完之後，父親看看母親端給他的飯碗，沒有接，獨自出門去了。吃過午飯，父親還沒有回來。到了吃晚飯時，父親仍然沒有回來。母親知道父親到哪兒去了，母親沒有讓我們去找父親。我們也都知道父親去了哪裡，很想去那裡把父親找回來，可母親說讓他去那裡坐坐吧，我們便沒有去尋叫父親。那一天直至黃昏消失，夜黑鋪開，父親才有氣無力地從外邊回來，回來時他手裡提著一棵紅薯秧子，秧根上吊著幾個鮮紅碩大的紅薯。把那棵紅薯放在屋裡，父親對母親說：「咱們那塊地土肥朝陽，風水也好，其實是塊上好的墳地，人死後能埋在那兒就好啦。」

聽著父親的話，一家人默默無語。

默默無語到月落星稀和人心寒涼。

蓋房

沒有誰能想到父親會下世得那麼急快，母親、姐姐、哥哥及左鄰右舍，誰都覺得他走得早了。早得多了，讓他的子女們無法接受。但是父親，他似乎自得了那病的第一天起，就明白了一個道理，那就是對於正常的人，死亡是站在你人生的前方某處，在等著你一日日、一步步向它走近，待你到了它的面前，它能夠伸手及你，它才會攜你而去。但對於一個病人，那就不僅是你一日日、一步步向死亡走去，而是死亡也從你的對面，一日日、一步步向你跑來。人生就是那麼一定的、有限的一段距離，如果時速一定，只有你單向地向死亡靠近，那就需要相對長點的時間，如果你向死亡走去，死亡也迎面向你走來，那你的人生時間就要短下許多。

世間上每個人只有那麼一段行程，一個人獨自走完這段行程的人生是一回事，而有另外一個我們看不見的死亡的黑影，也來搶行你這段路程，那你的人生就是另外一回事。而我的父親，他一定是很早就明白了這個道理的。他一定因爲有病，就在冥冥之中看見了屬於他的那段人生行程的對面，也正有一個暗影在向他走來。所以，他作爲一個農民、一個父親，就特別急需把他認爲一個農民父親應該在人世的所盡之責，無遺無憾地盡力完畢和結束。

那麼，一個身爲農民的父親，他活在世上到底應該做完一些什麼事情呢？盡到一些什麼職情呢？這一點，父親和所有北方的農民一樣，和所有北方的男人一樣，和他周圍所有做了父親卻最遠的行程是到幾十里外的縣城、倘若能到百里之外的洛陽就是人生大事、就是生命的一次遠足的農民一樣，他們自做了父親那一日、一時開始，就刻骨銘心地懂得，他們最大、最莊嚴的職情，就是要給兒子蓋幾間房子，要給女兒準備一套陪嫁，要目睹著兒女們婚配成家，有志立業。這幾乎是所有農民父親的人生目的，甚或是唯一的目的。

我想因爲有病，父親對這一目的就看得更爲明晰，更爲強烈，更爲簡捷：那就是在父親生前，他以爲他需要做完的許多事情中，最爲急迫的是兒女們的婚姻。

而理想的婚姻，又似乎是建立在房子的基礎之上。似乎誰家有好的房舍，誰家兒女就有可能具備理想婚姻的基礎。房子是一個農民家庭富足的標誌和象徵，甚至，在一方村落裡，好的房屋，也是一個家庭社會地位的象徵。父親和所有農民一樣，明白這一點，就幾乎把他一生的全部精力和財力，都集中在了要爲子女們蓋下幾間瓦房上。蓋幾間瓦房，便成了父親人生的目的，也成了他生命中的希冀。

現在，我已經記不得我家那最早豎起在村落的三間土房瓦屋是如何蓋將起來的，只記得，那三間瓦房的四面都是土牆，然在臨靠路邊的一面山牆上，卻表砌了從山坡田野一日一日挑回來的黃色的礓石，其餘三面牆壁，都泥了一層由麥糠摻和的黃泥。

春天來時，那三面牆上長有許多瘦弱的麥芽。記得那半圓的小瓦，在房坡上一行一行，你在任何角度去看，都會發現一個個瓦楞組成的一排排的人字兒，像無數隊凝在天空不動的雁。記得所有路過我家門前的行人，無論男女老幼，都要立下腳步，端詳一陣那三間瓦屋，像懂行的莊稼把式，在幾年前路過我父親翻撿、擴大過的自留地一樣，他們的臉上，都一律掛著驚羡的神色和默語的稱頌。我還記得，搬進那瓦屋之後，母親不止一次地面帶笑容給我們姐弟們敘說，蓋房前父親和她如何到二百里外的深山老林，去把那一根根雜木椽子從有著野狼出沒的山溝扛到路邊。記得母親至今還不斷掛在嘴上，說蓋起房子那一年春節，家裡沒有一粒小麥，沒有半把麵粉，是借了人家一碗汙麥麵粉讓我們兄弟姐妹四個每人吃了半碗餃子；而父親和她，則一個餃子都沒吃。還說那一年她試著把白麵包在紅薯麵的上邊，希望這樣擀成餃子葉兒，能讓她的子女們都多吃幾個白菜餃子，但試了幾次，皆因為紅薯麵過分缺少黏性而沒有成功——而沒有做成餃子葉兒的包了一層白麵的紅薯麵塊，就是父親那年過節所吃的大年飯。

這就是房子留給我的最初記憶，之後所記得的，就是我所看到的。就是那新蓋的三間瓦房，因為過度簡陋而不斷漏雨。每年雨季，屋裡的各處都要擺滿盆盆罐罐。為了翻蓋這漏雨的房子，父親又蓄了幾年氣力，最後不僅使那瓦房不再漏雨，而且使那四面土牆的四個房角，有了四個青磚立柱，門和窗子的邊沿，也都用青磚鑲砌了邊兒，且鄰了路邊的一面山牆和三間瓦房的正面前牆，全都用長條兒礓石砌表了一層，而料礓石牆面每一平方米的四圍邊兒，也都有單立的青磚豎起隔斷，這就仿佛把土瓦房穿了一件黃底綠格的洋布襯衫，不僅能使土牆防雨，而且使這瓦房一下美觀起來，漂亮起來，它也因此更爲引人注目，更爲令眾多鄉人驚驚羨羨。

這就是父親的事業。是父親活著的主要人生目的之一，也是他覺得必須盡力活在人世的一種實在。

要說，無論是現在還是過往，父親的那種病，都不是讓人立等著急的急症、絕症——哮喘病，在今天的人們看來，也無非是頭痛腦熱之類。但頭痛與腦熱，卻是易於治癒的家常小症，而哮喘卻是有可能由小變大，由輕至重，最終轉化爲無可救治的肺原性心臟病的一種慢性常見病症。在鄉村，在偏遠的山區，這種病幾乎是老年人的必得之症，人過五十、六十，由於年輕時勞累受寒、感冒頻繁，有這種病的老人最少占五十歲以上人口的一半還多，而最終因爲這種病而離開人世的農民幾乎是司空見慣。不用說，父親在他的生活中目睹了太多因這種病而撒手人寰的場景。不用說，父親明白得了這種病，要麼借助年輕的體魄和命運，碰巧也就將此病治好還癒了，要麼和更多的有了這病的人一樣，最終因爲此病而謝世。

父親和別人所不同的是，他得這病時還不到三十歲，自恃年齡和身體的許可，沒有太把這病放在心上，病重了就借錢討幾服藥吃，病輕了就仍然無休無止地勞作，這樣十幾年熬煎下來，日日月月，惡性循環，終於在不到五十歲時，每年冬天病情發作，就如七十歲有了哮喘一樣。也正因爲這樣，他就想急急忙忙把房子翻蓋起來，想讓他的子女們不延不誤，長大一個，成婚一個；成婚一個，他也就算了卻了他的一份必盡的心願。

我們兄弟姐妹四個的婚姻，在那個今天已經改村爲鎮的左鄰右舍的目光中，從訂婚到成家，他們都認爲較爲順利，這除了父母和我們兄弟姐妹的爲人本身，與父親染病挨餓爲我們蓋起的一間間的鄉村瓦屋不無關係。那是僅有二分半地的一所鄉村小宅，中央之上，蓋三間上房，東西兩側，再各蓋兩間廂廈，這樣七間房子，正留出半分地的一個四方院落：這是豫西農村最爲盛行而有些殷實的農家小院。爲了蓋房，父親每年過節都很少添過新衣；爲了蓋房，父親把房前屋後能栽樹的地方全都栽了泡桐、楊樹。到了冬天，還在那樹苗身上塗上白灰，圍上稻草，以使它取暖過冬。春天來時，他把這些稻草取掉，和讓孩子們脫掉過熱的棉衣一樣，再在小樹周圍紮下一圈棗刺棵兒，以防孩娃們的熱手去那樹上摸碰。父親就這樣如疼愛他的孩子樣養護著那些小樹，那些小樹在幾年或多年之後，長到中年、老年，就做了我家房上的檁梁。到我家那七間房子全都成了瓦房以後，父親雖然不是第一個蓋築瓦屋的村人，卻是第一個讓家裡沒有草房——包括雞窩、豬圈——的房主。而且，在我們家的院落裡，父親在他哮喘病已經明顯加重的時候，還戴著避寒的暖紗口罩，拉著板車，領著我們兄弟姐妹，趟過已經封凍結冰的幾十米寬的酷冷伊河，到十幾里外的一條白澗溝裡尋找二三指厚的紅色薄片石頭，拉回來鋪滿院子，鋪滿通往廁所和豬圈的風道小路，使那二分半的宅院，沒有見土的地方。每到雨天，街上和別戶各家，到處都泥濘不堪，只有我們家裡潔潔淨淨。那樣的天氣裡，我們家院裡總是站滿了村人鄰居，他們在那不見泥沙的院裡、屋裡，打牌說笑，講述故事，議論命運和生老病死，把我們家那所宅院和那宅院中圍困著的鄉村人的人生，當成村落建築和日子的榜樣和楷模。

事實上，那所宅院和宅院中的日子，的確在那片村落和方圓多少里的村落中，都有著被誇大的影響和聲譽，對許多農民的日子起著一種引導的督促。可是，只有爲數不多的有著血緣關係的親人們，方才知道父親爲了這些，付出了他的健康，也付出了他許多的生壽。

記得最後蓋我家東邊那兩間廂廈時，父親領著我們，破冰過河去山溝裡拉做地基的石頭，因爲車子裝得太滿，返回時車子陷在伊河當中，我們姐弟全都高捲起褲腿，站在冰河中用力猛推，不僅沒能把車子推動半步，反而每個人的手臉都凍得烏青，腿和腳在水中哆嗦得不能自已。這時候，父親回過身子，從車轅間出來，把我們姐弟從水中扶到岸上，用棉衣包著我們各自的腿腳，他自己又返回水中，同哥哥一道，從車上卸著一二百斤重的石頭，一塊塊用肩膀扛到岸邊，直到車子上的石頭還剩一半之多，才又獨自從冰河中把車子拉上岸來。父親從水中出來時候，他脖子裡青筋勃露，滿頭大汗，手上、肩上、腿上和幾乎所有衣服的每個部位，卻都掛著水和冰凌。我們慌忙去岸邊接著父親和那車石頭，待他把車子拉到岸上的一塊乾處，我們才都發現，父親因爲哮喘，呼吸困難，臉被憋成了青色，額門上的汗都是憋出來的。見父親臉色青脹，咳嗽不止，姐姐趕忙不停地去父親的後背上捶著，過了很久，捶了很久，待父親緩過那艱難的呼吸，哥哥也抱著一塊水淋淋的石頭最後從冰河裡出來，他把那石頭放在車上，望著父親的臉色說：「不一定非要蓋這兩間房子，不能爲了房子不要命啊。」

父親沒有馬上說話，他瞟了一眼哥哥，又望望我們，最後把目光投向荒涼空無的遠處，好像想了一會，悟透並拿定了什麼主意，才扭回頭來對著他的子女們說：

「得趁著我這哮喘不算太重，還能幹動活兒就把房子蓋起來，要不，過幾年我病重了，幹不動了，沒把房子給你們蓋起來，沒有在我活著時看著你們一個個成家立業，那我死了就對不起你們，也有愧了我這一世人生。」

其實，父親的病是在他年輕時的勞累中得下的，而紮根難癒，卻是他在爲子女成家立業的蓋房中開始的。在我們兄弟姐妹中，我排行最小，一九八四年十月完婚在那最後蓋起的兩間瓦屋之後，也便了卻了父親的最後一樁夙願。於是，沒過多久，他便離開我們獨自去了，去另外一番界地，尋找著另外一種安寧和清靜。

打

算到現在，我的父親有二十四五年沒有和我說過一句話了。埋他的那堆黃土前的柳樹，都已經很粗很粗。不知道他這二十四五年想我沒有，想他的兒女和我的母親沒有，倘若想了，又都想些啥兒，念叨一些啥兒。可是我，卻在二十五年間，總是想念我的父親，想起我的小時候，父親對我的訓罵和痛打。好像，每每想起我父親，都是從他對我的痛打開始的。

能記得的第一次痛打是我七八歲的當兒，少年期，讀小學。學校在鎮上的一個老廟裡，距家二里路，或許二里多一些。那時候，每年的春節之前，父親都會千方百計存下幾塊錢，把這幾塊錢找熟人到鄉村信用社，全都換成一疊兒簇新的一角的毛票，放在他枕頭的葦席下，待到了初一那天，再一人一張、幾張地發給他的兒女、侄男侄女和在正月十五前來走親戚的孩娃們。

可是那一年，父親要給大家發錢時，那幾十上百張一毛的票兒卻沒有幾張了。那一年，我很早就發現那葦席下藏有新的毛票兒。那一年，我還發現在我上學的路上，我的一個遠門的姨夫賣的芝麻燒餅也同樣是一毛錢一個。我每天上學時，總是從那席下偷偷地抽走一張錢，在路上買一個燒餅吃。偶爾大膽起來，會抽上兩張，放學時再買一個燒餅吃。

那一年，從初一到初五，父親沒有給我臉色看，更沒有打我和罵我，他待我如往年無二，讓我高高興興過完了一個春節。可到了初六，父親問我偷錢沒有？我說沒有。父親便厲聲讓我跪下了。又問我偷沒有，我仍然說沒有，父親就在我臉上打了一耳光。再問我偷沒有，仍說沒有時，父親便更爲狠力地朝我臉摑起耳光來。記不得父親統共打了我多少耳光，只記得父親直打到我說是我偷了他才歇下手。記得我的臉又熱又痛，到了實在不能忍了我才說那錢確是我偷了。說我偷了全都買了燒餅吃掉了。然後，父親就不再說啥兒，把他的頭扭到一邊去。我不知道他扭到一邊幹啥兒，不看我，也不看我哥和姐姐們，可等他再扭頭回來時，我們都看見他自己眼裡含著的淚。

第二次，仍是在我十歲之前，我和幾個同學到人家地裡偷黃瓜。僅僅因爲偷黃瓜，父親也許不會打我的，至少不會那樣痛打我。主要是因爲我們偷了黃瓜，其中還有人偷了人家菜園中那一季賣黃瓜的錢。人家挨個兒地找到我們每一個人的家裡去，說吃了的黃瓜就算了，可那一季瓜錢是人家一年的口糧哩，不把錢還給人家，人家一家就無法度過那年的日子去。父親也許認定那錢是我偷了的，畢竟我有著前科，待人家走了之後，父親把大門閂了，讓我跪在院落的一塊石板鋪地上，先劈里啪啦把我痛打一頓後，才問我偷了人家的錢沒有。因爲我眞的沒有偷，就說眞的沒有偷，父親就又劈里啪啦地朝我臉上打，直打得他沒有力氣了，氣喘吁吁了，才坐下直盯盯地望著我。

那一次，我的臉腫了，腫得和暄虛的土地樣。因爲心裡委屈，夜飯沒吃，我便早早地上了床去。上床了也就睡著了。睡到半夜父親卻去把我搖醒，好像求我一樣問：「你眞的沒拿人家的錢？」我朝父親點了一下頭。然後，然後父親就拿手去我臉上輕輕摸了摸，又把他的臉扭到一邊去，去看著窗外的夜色和月光。看一會他就出去了。

出去坐在院落裡，孤零零地坐在我跪過的石板地上的一張凳子上，望著天空，讓夜露潮潤著，直到我又睡了一覺起床小解，父親還在那兒靜靜地坐著沒有動。

那時候，我不知道父親坐在那兒思忖了啥。幾十年過去了，我依舊不知父親那時到底是在那兒省思還是漫想著這家和人生的啥。

第三次，父親是最最應該打我的，應該把我打得鼻青臉腫，頭破血流的，可是父親沒打我。是我沒有讓父親痛打我。那時我已經越過十周歲，也許已經十幾歲，到鄉公所裡去玩耍，看見一個鄉幹部屋裡的窗臺上，放著一個精美鋁盒的刮臉刀，我便把手從窗縫伸進去，把那刮臉刀盒偷出來，回去對我父親說，我在路上拾了一個刮臉刀。

父親問：「在哪兒？」

我說：「就在鄉公所的大門口。」

父親不是一個刨根問底的人，我也不再是一個單純素潔的鄉村孩子了。到後來，那個刮臉刀，父親就長長久久地用將下來了，每隔三朝兩日，我看見父親對著刮臉刀裡的小鏡刮臉時，心裡就特別溫暖和舒展，好像那是我買給父親的禮物樣。不知道為啥兒，我從來沒有為那次眞正的偷竊後悔過，從來沒有設想過那個被偷了的國家幹部是個什麼模樣兒。直到又過了多年後，我當兵回家休假時，看見病中的父親還在用著那個刮臉刀架在刮臉，心裡才有一絲說不清的酸楚升上來。我對父親說：「這刮臉刀你用了多年了，下次回來我給你捎一個新的吧。」父親說：「不用，還好哩，結實呢，我死了這刀架也還用不壞。」

聽到這兒，我有些想掉淚，也和當年打我的父親樣，把臉扭到了一邊去。

把臉扭到一邊去，我竟那麼巧地看見我家老界牆上糊的舊《河南日報》上，刊載著鄭州市一九八一年第二期《百花園》雜誌的目錄。那期目錄上有我的一篇小說，題目叫《領補助金的女人》，然後，我就告訴父親說，我的小說發表了，頭題呢，家裡界牆糊的報紙上，正有那目錄和我的名字呢。父親便把刮了一半的臉扭過來，望著我的手在報紙上指的那一點。

兩年多後，我的父親病故了。回家安葬完了父親，收拾他用過的東西時，我看見那個鋁盒刮臉刀靜靜地放在我家的窗臺上，黃漆脫得一點都沒了，鋁盒的白色在鋥光發亮地閃耀著，而窗臺斜對面的界牆上，那登了《百花園》目錄的我的名字下面，卻被許多的手指指指點點，按出了很大一團黑色的污漬兒，差不多連「閻連科」三個字都不太明顯了。

算到現在，父親已經離開我了四分之一世紀。在這二十四五年裡，我不停地寫小說，不停地想念我父親。而每次想念父親，又似乎都是從他對我的痛打開始的。我沒想到，活到今天，父親對我的痛打，竟使我那樣感到安慰和幸福；竟使我每每想起來，都忍不住會拿手去我兒子頭上摸一摸。可惜的是，父親最最該痛打、暴打我的那一次，卻被我遮掩過去了。而且是時至今日，我都還沒有爲那次正本眞切的偷盜而懊悔。只是覺得，父親要是在那次我眞正的偷盜之後，能再對我有一次痛打就好了。在父親的一生中，要能再對我痛打上十次八次就好了。父親如果今天還能如往日一樣打我和罵我，我該有何樣的安慰幸福啊。

失孝

說起來，我一點都沒料到，再過一年半載，到下一個新的農曆十一月十三日，我的父親就已別離開這個活生生的人世二十五周年。實話說，二十五年來，我沒有一次清晰地記起過哪一天是父親的祭日；而二十五年前，我也沒有記起過一次哪天是父親的生日。當今天坐下寫這篇老舊的記憶時，我把「農曆十一月十三日」中的兩個時數空在紙頁上，寄望等以後問清塡寫時，盯著那兩個空格，我才悔悟到對於父親，我有多麼的不孝，才知道我欠下了父親多少子父的情債。

二十五年前，父親死後躺在我家老宅上房用門板架起的草鋪上，我和哥哥、姐姐們守靈一旁，靜靜地望著不願解脫這一切人生苦難的父親，我決計等把父親安葬之後，就爲父親寫點什麼，記敘一些父親的人生和父親對人生的熱愛，淺表一點做兒子的孝心——哪怕只有三五百字。然果眞到了父親入土爲安之後，我攜著妻子，從豫西嵩縣那個偏窮的田湖小鎮回到豫東古都的一座軍營後，隨著工作，隨著我新婚的一些喜悅和我對文學的癡醉熱愛，在父親靈前跪著的濃重許諾，都慢慢地散淡遠離。偶爾地記起，我對失諾後良心上淡淡的不安也有自慰的解釋：到三周年寫吧，三周年是鄉俗中一個大的祭日。可過了三年，忽然接到了哥哥的一封來信，說父親的三周年已經過了，他和姐姐及叔伯弟兄們都去父親的墳上添了新土，這我才有些慌手亂心，有些措手不及的疚愧。那一天在下班之後，在同事們都離開辦公室之後，我獨自坐在空蕩蕩的辦公室裡，把哥哥的來信放在辦公桌上，望著冬日窗外的楊樹和流蕩在楊樹枝條間叮咚的鳥鳴，聽著偶留的枯葉在飄落時如擦肩而過的月光的聲響，我的淚把哥哥的來信滴濕了好大一片。時間因淚水和不安在我的愧悔中緩緩過去，我就那麼靜靜呆呆地坐著，悔思省過，愧疚不安，直到午飯之後，到了辦公樓裡又響起上班的腳步聲，到了我年滿兩歲的孩子到辦公室來喚我吃飯，我才從靜靜呆呆中醒明過來。

在從辦公室回家的路上，望著鮮活的世界，望著走在路上充滿生氣的人們，我思念著父親，不停地把頭扭到一邊擦著眼淚，不停地拿手在我孩子的頭上莫名地撫來摸去，不停地對自己說，待父親十周年時，我若再不爲父親的一生寫點什麼，爲父親的死做點什麼，我就不是他的兒子，我就不得好死！然而，又有許多年頭過越之後，我依舊沒有想起父親是哪一天生日，哪一天祭日，也沒有記起要爲父親寫點什麼、做點什麼的心跪淚諾，和走在一條乾涸的河旁，想不起那河道當年也有水流一樣。很有可能，我把父親的生命忘了，或者說，更多、更多的時候，我把父親和他的人生從我的記憶中擠出去了許多許多，把父親的生命、人生看得淡薄而又荒疏，甚至，忘了我身上流的是父親的血脈，是父親給了我生命，並把我養大成人，育著我成家立業。

我想，人世倘若果眞有報應和應驗存在的話，那麼，我對父親的一再許諾和一再失信，我應該得到什麼報應呢？父親會如何看待我這個兒子呢？會如我發誓的那樣，讓我得不到好的人生終結嗎？會讓我有朝一日也離開這個世界後，去面見他時永跪不起嗎？

我想會的，因爲我對他有太多、太深的不孝。

我想不會，因爲我是他親生、親育的兒子。再說，今天——我已經坐下寫了。坐下寫了，我就可以通過父親的生死，回來省悟這個人世，以直面我的善、我的惡和這個人世上所有生靈的生與死，所有物質的衰與榮，直面河水的乾涸，直面樹葉的枯落，直面所有的生命從我的生命中消失和再生，再生與消失。

病

父親是病死的。

在那個幾千口人的鎮子上，幾乎所有的人都知道我的父親是病死的。哮喘病、肺氣腫，直至發展到後來的肺原性心臟病。可是，仔細敲推想來，病只是父親故逝的表層因由，而根本的，潛深的，促使他過早患病並故逝的緣由，是他對我們兄弟姐妹四個命運的憂慮。或者說，最直接的因果，是對我山高海深、無休無止的擔憂。

事實上，我的執拗是父親陳病復發的根本，是父親年僅五十八歲就不得不離開人世，不得不離開母親和我們兄妹的根本因果。換一句話說，父親可能是——也許本來就是因我而過早地走完了他的人生，是因我而過早地告別了雖然苦難他卻深愛的世界。

是我，縮短了父親的生命。

回憶起來，我總是念念不忘，在那段無限漫長的年月裡，我家和許多家庭一樣，家景中的日月，都不曾經有過太爲暖人的光輝。那時候，「文革」開始的前後，整個中國鄉村的日子，都四季春秋地汪洋在饑餓中間。每年春節，吃不上餃子，或者由做母親的把大門關上，在年三十的黃昏，偷偷地包些紅薯面裹一紙白麵做的黑白花卷饃兒，似乎並不止我一家獨有。而在那個鄉野村舍，屬於我家獨有的，是我反復要說、反復寫過的——父親早年的哮喘病在沒有治癒時，我大姐又自小就患上的莫名的病症。在我家那二分半的宅院裡，大姐半青半紅的哭聲，總像一棵巨大蓬勃的樹冠，一年四季都青枝綠葉，遮蔽父親盡竭心力創造的日子，冬不見光，夏不見風。

現在想來，姐姐的病確實就是今天街頭廣告上常見的無菌性骨頭壞死一類的魔症，然在那時，幾十年前，在那個小鎮的衛生院，在農村人視如災難之地的縣醫院，在如同到了國外一樣的洛陽地區的人民醫院裡，待耗盡我家所有能變賣的糧、菜、樹和雞蛋以及養育牲畜的家庭收入後，換來的依然是如出一轍的醫生的搖頭和查找不到病因的無奈。爲了給姐姐治病，父母親攙著大姐、背著大姐、用板車拉著大姐四處求醫問藥，不知走破了多少鞋子，不知走盡了多少途路，不知流了多少眼淚，把家裡準備蓋房的木材賣了；把沒有長大的豬賣了；把正在生蛋的雞賣了；哥哥十五歲就到百里外的煤窯下井挖煤；二姐十四歲就拉著車子到十幾里外的山溝拉沙子和石頭，按一立方一塊五的價格賣給鎮上的公路段和水泥廠；我在十三歲時，已經是建築隊很能搬磚提灰的小工了。

在很多年裡，把父親的病放在一邊，給姐姐治病是我們家的日月中心。一切的一切，種地、打工、變賣和所有的東奔西籔，翻山越嶺，都圍繞著姐姐的病而喜而憂，而憂而愁。大姐手術時，因買不起血漿，父親、母親、大哥、二姐和我就站在醫院門口等著抽血。我親眼看著大哥的胳膊伸在一張落滿蒼蠅的桌子上，一根青冷白亮的針頭，插進他的血管裡，殷紅的鮮血就沿著一條管線一滴滴地落進一隻瓶子裡。那只空瓶裡的血漿隨著大哥的臉色由黝黑轉爲淺黃，再由淺黃轉爲蒼白便從無到有，由淺至深，到一瓶將滿時，醫生望著我大哥的臉色說，你們家的血型都合格，再換一個人抽吧。大哥說，我媽身體虛，父親有病，還是抽我的吧。醫生說，抽你妹的吧，你的抽多了身子就要垮了呢。大哥說她是女娃兒，就抽我的吧。醫生說，你弟呢？大哥說，就抽我的吧，弟還小，還要給人打工幹重活。然後，醫生就把插入血瓶裡的針頭拔下插進了另一個空瓶裡。

那是一年的冬天，太陽溫暖潔淨，照在血漿瓶上，瓶裡的血漿紅得透亮，浮起來的血沫和血泡，在玻璃瓶的壁面裡緩緩起落，時生時滅。那一年我好像已經十四歲，也許十五歲，總之，我少年的敏感，已經對命運開始了許久的觸摸和感歎，像出生在秋後的芽草過早地望著將要到來的冬天的霜雪樣，不及長成身子，就有了渾身的寒瑟。盯著血漿瓶裡的鮮血在不知覺中漸漸地增多，聽著血液似乎無聲而青冷的滴答和瓶壁上血泡在陽光裡砰啪的明亮生滅，望著哥哥蒼白如紙的臉，我在那一刻，體會到了哥哥的不凡，也隱隱感覺到了，我一生都與哥哥不可同日而語的做人的品性。

那一年，大姐的病沒有絲毫的好轉。

那一年，春節前後的幾日間，大姐爲了給家裡減些憂愁，添些喜悅，讓父母和她的弟弟妹妹過個好年，她說她病輕了許多，然後就躲在屋裡不出門，疼痛時，牙齒咬著下唇，把臉憋得烏青，也絕不哭喚出一點聲音。到實在無可忍了，她就躲到我家後院和村外無人的地方，揪自己的頭髮，把頭往牆上猛撞，然後待劇疼過去，她就面帶笑容地回到家裡，慌忙地替母親做飯，替父親盛飯，慌忙地去洗她弟弟、妹妹的衣服，好像要以此來贖回她的什麼過錯一樣。

那一年，我家過了一個平靜的春節。仍然用借來的小麥，在大年三十的晚上和大年初一的早上，父親讓我們兄弟姐妹放開肚子吃了兩頓非常香口潤喉的白麵餃子。而那一年的春節，父親吸掉的煙葉，卻比任何一個春節都多，似乎他想把他一生要吸的煙都在春節吸掉一樣。

就在那一年，我心裡有了濃烈欲動的陰暗蓄意——也許是對逃避生活與人生命運的一種道路的提前鋪設；也許是對一種個人掙扎奮鬥的提早的力量積蓄；也還許，是我對家庭和父親在今後日月命運中陷阱的無意挖掘和設置。總之，那一年，我萌生了離開家庭的念頭，萌生了過幾年我若沒有別的出路，就一定要當兵走去的念頭。

戰爭

事實上，我所產生的不是念頭，而是褊狹私欲的信念。念頭可以隨時被人說服或自己改變，而信念卻只能被壓抑而不會有所變更。讀完初中的第一個冬天，當我踏入十六周歲後，我悄沒聲息、不動聲色地報名驗兵去了。回到家裡，迎接我的是母親漣漣的淚流和父親輕淡卻意重的幾句勸解。父親說：「連科，你再讀幾年書吧，人生在世，讀書才是根本。你命裡既是有稱宰做皇的運數，沒有了文化也就沒有了久遠的江山可坐哩。」這就是我的父親，他單薄、瘦高，似乎臉上永遠都是淺黃的泥土之色。他一生裡不識幾個字，在他兒女命運的途道上，從來不多說一句，不干預一手，然每每說出的隻言片語，卻都是鄉下農民用人生命運反復實踐後得來的悟道眞言。

我按照父親的指引又讀了高中，並又按照命運的安排，在高中未及畢業時，去河南新鄉水泥廠當了兩年臨時工，同我的一個叔伯哥哥一道，每天從火車站往二十里外的水泥廠拉一千多斤重的煤車，運將近兩千斤重的河沙；以一天十六個小時的雙班勞作，在無人的山上給水泥廠運炸礦石。我把我每月少得可憐的全部所得，除了吃飯的錢，悉數地寄回家裡，由父親去償還爲姐姐長年治病而欠下的左鄰右舍和親戚朋友的債和情誼。現在想來，我那時的按月所寄，可能是我家裡的巨大希望，是維繫家庭生存的強大支柱，是生活之舟度過歲月之河的一柄可靠的槳板。至少說，它極大地減輕了一家之主——我父親肩上的人生重擔和負荷。可是，在命運告訴我，我有可能讓父親的朋友批准我參軍入伍時，在我意識到我已經沒有能力考上大學，已經二十周歲，再不當兵就永無機會離開那塊苦難的土地去實現我的貪念時，我在一天夜裡突然站在了父親的床前。

我說：「爹，我要當兵去。」

屋裡靜極。常年停電的燈泡吊在屋子中央被蛛網所羅織，煤油燈依然是那個家庭最爲主要的角色。煤油燈光是一種淺黃的土地的原色，照在人的臉上使人永遠都呈出病病懨懨、缺給少養的生活神情。我說完那話的時候，母親從床上坐了起來，怔怔地望著我，彷彿看到了即刻間要房倒屋塌的景象般，她的臉上充滿驚異，而又急劇跳蕩著不可名狀的憂慮。以爲母親要對我從來都沒有忘記過的「離家」的想念築埂攔壩地說些什麼，可她什麼也沒說，只是把目光移山挪地樣緩緩地沉拿到了父親的臉上去。我聽到了母親挪動目光時那如山石從梁上滾下軋過田野的聲音，看見了父親抬頭望我的那張蠟黃的臉上，除了額門上的歲月之河又深了許多之外，其餘，父親的眼、鼻和時常因激動而發顫的嘴角沒有絲毫的變化。那幾年，他的病不知是輕了一些，還是因爲姐姐病重，顯得他的病輕了。他坐在床頭，圍著被子，臉上的平靜異常而深刻，聽我說想要當兵去，如聽我說我要出門趕集，要到姑姑、舅舅家小住幾日樣，只那麼淡淡地看了我一眼，又淡淡的卻是極度肯定地說：

「當兵去吧，總在家裡能有啥兒奔頭呢。」

想起來，這是父親給我的一個莊嚴的應允，是一個似乎數百年前就深思熟慮後的答覆。彷彿，爲了這個答覆，他等我的尋問果眞已經等了百年之久，已經等得筋疲力盡，心力衰竭，所以他才回答得淡寞而又平靜，甚至有些不太耐煩。

於是，我便當兵走了。

毅然地參軍去了。

與其說我是參軍入伍，不如說我是逃離土地；與其說我是逃離土地，不如說我是背叛家庭；與其說我是背叛家庭，不如說我是棄絕一個兒子應該對父親和家庭承擔的心責和情務。那一年我已經二十周歲。二十周歲的我，肩膀已經相當硬朗，不僅可以挑行一百八十斤的擔子，而且已經可以把父親肩上的全部災難，都卸下來馱在背上。可父親讓我有了抵抗命運的力量之後，我便用這樣的力量朝父母、家庭並不希望的方向背叛著狂奔去了。體檢、政審、托熟人關係，終於我就領到了一張入伍的通知。

終於，我就穿上了那完全是我人生里程碑、分水嶺一樣的軍裝。

離開家是在一個寒冷的早晨，父親最後給我說的一句話是：「連科，安心去吧，家裡塌不了天。」

父親說家裡塌不了天，可我走後不久，家裡的天卻轟轟然然地坍塌下來了。

一九七九年二月十七日，被稱做中越自衛反擊戰的那場南線戰爭爆發了。那時候，中國軍隊自中印戰爭以後，二三十年沒有過新的戰爭，和平的氣氛已經如大氣層樣結在十億中國人的頭頂，突然的對越宣戰，對軍隊、對百姓都無異於晴天霹靂。褐褐紫紫的驚慌和鮮血淋淋的緊張，自然是不言而喻的。想起來，我是極其的幸運和軟弱，在戰爭爆發一個月後，因爲參加了一個原武漢軍區的創作學習班，返回時途經鄭州，轉道回了家裡。未及料到的是，那天落日正西，初春剛來，冬寒未去，在淺薄的一抹紅光裡，寒涼又厚又重。我是踏著落日入村，又踏著落日走進了家裡的。母親正在房檐下攪著一碗燒燙的麵糊，我大聲叫了一聲母親，她冷不丁兒抬起頭來看見我，麵碗在手裡僵了一瞬後，便咣地一下落在地上，裂成了許多碎片，雪白的麵糊流了一地。

說眞的，我不曾是個優秀的士兵，也不是一個好的軍人。我永遠都不會渴望戰爭，更不期冀軍人的建功立業。以我曾經有過二十五年軍齡的服役感受來說，我是天眞確鑿的明白，軍人忠於職守，是國家的幸運，卻是人的不幸；軍人的建功立業，不僅是國家的不幸，而且是民族和人類的哀運。這就是二十五年軍旅和戰爭給我的悟感和無法抹去的心靈圖景。隨著這幅圖景的擴延，那天回家後，我看見我那都已白髮蒼蒼的大姑、三姑和小姑，從屋裡匆匆走出來。大姐、二姐也含著眼淚出來了。左右鄰居也都匆匆地到了我家裡。沒有人不望著我含著眼淚的。沒有人不望著我，臉上浮著因爲我的意外歸回所帶來的激動和欣悅。我的父親是最後從我家房宅的後院走將出來的。他步履緩慢，仿佛是一個老人，而那個時候，我父親也才五十二歲，背就忽然有些駝了，原本瘦削的臉上，這時候瘦得宛若只有皮和骨頭。看見我後，他臉上是震驚與興奮的表情，可在那表情下面，則是掩蓋不住的對我突然出現的一層擔憂。

我不明白父親會在兩個來月裡老成這樣兒，原本烏黑的頭髮，驟然間雪茫茫地白了一片，且每走幾步，他都要費力地站下來大口地喘上幾下，如空氣對他，永遠也不夠呼吸樣。也就直到這時候，我才知道，在中越戰爭爆發的一個多月裡，我家所有的老少親戚，統共三十餘口人，都回來住在我家，睡在又寒又硬的地上，吃大鍋燒就的粗茶淡飯，一塊兒收聽廣播裡有關前線的消息，輪流著每天到郵局查問有沒有我的來信，偷偷地去廟裡，在各種神像的前面燒香許願，爲我祈求平安。而我的父親，一方面因爲戰爭對我的憂慮，一方面家裡人多的雜亂，於是，他徹夜不眠，夜夜起床，獨自到後院的空地上，盯著夜寒通宵散步。

在戰爭持續的一個多月裡，他在那陰冷的後院散步了三十多個夜晚。三十多個漫長的夜晚，後院潮潤的虛土被他踩得平平實實，要逢春待發的草芽，又完全被他踩回到了地裡去。終於，那纏繞父親多年、好不容易有些輕癒了的哮喘病，在我當兵走後的一個多月，再次復發，而且愈發地嚴重起來。我沒有想到，父親的這次病發，會種下那樣不可再治的禍根，會成爲他在六年後故逝的直接原因。如果不是親歷，我將永遠不會體會到，戰爭會給日常百姓投下那麼巨大沉重的暗影；不會體會得到，一個有兒子參軍的父親，會對戰爭與兒子有那樣的敏感和憂慮。當父親因此故逝之後，在這二十餘年間，我無數、無數次地設想、幻化父親獨自在夜深人靜之時，走動在那有三棵桐樹、一棵椿樹的我家後院。夜是那樣的寒涼，天空的星月是那樣的稀薄，爲了不驚動他人，他漫動的腳步肯定要輕起緩放。那時候他面對腳下千年平和的土地會說些什麼呢？土地於他，又會有什麼樣感慨和思忖？已經盼了一冬，春天蓄意待發的草芽，又要與我的父親和我因逃離土地而撞上的戰爭說些什麼呢？二月間，桐樹沒有吐綠，可喇叭似的粉淡的紅花，已經開始了肆無忌憚的綻放，在沉寂的天空，花開的淺紅的聲響，是不是一個不識幾字的父親、純粹的農民對深夜絮說的心裡的呢喃？不消說，父親在那寒冷的夜裡，走得累了，走得久了，氣管的病症使他需要停下來歇息一會，於是，他就靜靜立下，望著浩瀚的天空，希冀從寂靜中捕捉到毫無可能的南線的槍聲，捕捉到一點豫東那座他兒子所在的軍營在戰爭期間的顫動，那時候，他想了什麼呢？他深層的思考，哪怕是一些最簡單的疑問，又是一些什麼呢？不消說，母親睡醒之後，看床上無人，會去後院找他；許多時候，母親也會同他一起在那狹小的空院裡走來走去；或者，母親站在一邊，望著父親的走動，望著父親在仰望著浩大無言的天空，這時候，這對多難的夫妻，我的雙親雙老，他們會有一問、沒一答地談些什麼呢？關於戰爭、關於他們的兒子、關於他們眼中的人生、命運，及人生在世最基本的生存，還有生、老、病、死和他們兒女的婚姻，哪些是他們最深層、最直接，也最爲簡單的思考呢？

命運

實在說，別人對命運和生死有那麼多深邃的思考，而我的這一思忖，是這麼的淺薄和多餘。可是，因爲想念父親，我還是常常會對此去重複著呆想傻念。而且這種呆想傻念，很像舊時人們說的喬張造致，很像今天人們說的裝腔作勢，扮秀演花。可是，不能不想，又想不出對命運有更爲深刻、新意的解釋。一如學生無法解釋X或Y有什麼意義一樣，對這些呆想默思，如秋天到了，草葉即便年年飄落，景象重複，可也還是要複落再落。所以，我自己總把我的呆想傻念，說成是虛浮的深沉。

我重複地呆想，命運不是因果，命運甚至不含因果。命運是一種人生的絕對，是一種完全的偶然。緩一步說，命運是完全偶然中的因果，是因果中完完全全的意外。是因果之外的因果，是因果之外的偶然的生發，是一種完全無事的生非。餓了吃飯，沒有糧食便必有饑餓，這不是命運，這只是人生。冬天來了便要下雪，因爲沒有火和衣服，人也就活活地凍死在某個冬季。這也不是命運，這是人生因果的一個注釋。可是，你本來要往東邊去的，不知爲什麼卻到了西邊，又踏進了一個坑裡，一個井裡，腿便斷了，人便殘了，一生便不能娶妻生子、成家立業了，這也許才含了命運的意味。你本來正在一座山下走著，手捏著剛領到的婚姻證書，邊走邊唱，爲明天自己將入洞房的婚喜而高興，可是，可是突然從山上無端地滾下一塊石頭，不偏不倚地砸在了你的頭上，你便突然死了，告別了這個世界，結婚證書鮮紅豔豔地落在一邊，這才是命運。才是人生中的命運了。還可以舉出許多這樣的例子，如陽光下突來的閃電雷擊所生發的悲慘結局；如一位教授的一句逗樂的玩笑幫他洞開了黑暗的獄門；再如一個行乞者憑空一腳踏出了金銀元寶，他正懷抱金銀要美夢成眞時，一柄寒刀卻閃在了他的頭頂。是否可以這樣說，人生是歡樂和苦難的延續，而命運是歡樂和苦難結束後的重新開始；人生是上行或下行的伸展，而命運是左行或右行的改變；人生是一湖淺青碧綠的水，而命運是無邊無際、神秘莫測的海。或者說，人生是風雨陽光中的草，而命運則是鐮刀或牛羊的牙齒；人生是螞蟻無休無止的爬行，而命運則是突然落下的一隻大腳；人生是稼禾的授粉或灌漿，而命運是授粉或灌漿時的一場暴雨。

還可以怎樣說呢？還可以這樣地說，人生是過程的話，而命運則是人生的結局，是結局後的結束或開始；人生是舞臺上的戲文和演進的話，而命運則是大幕的啓閉、始末和戲文的啓轉與承合。如果說，人生要靠命運來改變的話，而命運則不一定要靠人生來生發，它是無可阻攔的突發和變故。

總之，人生是基礎，命運是多與基礎無關或相關的昇華或跌落；人生是積累，命運是多與積累有關、無關的延展和突變；人生是可以丈測的深刻，而命運是不可估量的深邃；人生有許多悲劇，可也常常有著喜劇，而命運則常常是悲劇，似乎永遠就是悲劇。再或說，若人生是喜悅的話，而命運則是眼淚；若人生是了眼淚，那麼，命運則一定是悲而無聲的哭泣；若人生是溫馨的哭泣，那麼，命運一定是沒有眼淚的仰天長嘯；若人生是仰天的長嘯的話，那麼，命運一定是長嘯前突然來到的死亡。

一句話，命運就是人生不可預測的悲喜劇的前奏或尾聲，是人生中頓足的懺悔和無奈。

罪孽

無論如何，我的父親是在戰爭期間病倒了，是因爲我逃離土地的參軍倒下了。而且很快由氣管炎發展到了肺氣腫。夏天還好，冬天則成了他的苦災日，終日的劇咳，甚至因爲咳嗽、吐痰而使他一連半月不能有些睡眠。似乎不能把父親的病歸罪於南線的那場戰爭，似乎只能歸咎於他的人生與命運。戰爭是什麼呢？戰爭的形態實質就是災難，而災難就是平地生雷或晴天霹靂，百姓又如何能夠預知呢？說實話，倘若我知道軍旅的途道上等待我的是一場戰爭，我想我不會那麼固拗地要逃離土地去參軍服役，不會把一個兒子應該承擔的擔子義無反顧地全都放在父親的肩上去。

這樣兒，剩下的問題就非常清楚了：我完全可以不去服役，完全可以同成千上萬的兄弟姐妹一樣在土地上耕種與勞作，可是我爲什麼要去呢？我不去父親會在基本病癒多年後復發他的舊疾嗎？不復發舊疾他會在五十八歲就離開這個他苦苦留戀的人世嗎？父親的病疾和故逝，如果說是他的命運造成了他這樣的人生，那麼，他的命運又是誰給造成的？我在他淒悲、苦難的命運中，是個什麼角色呢？起了什麼作用呢？這些一目了然的答案，在父親患病之時和故逝之後的最初年月，我很少認眞地去想過、思忖過。事實上，是我沒有膽量去思考這些，是我害怕我必須承擔的責任和過錯，會赤裸裸地擺在我面前，像學生總是不去看老師在作業上改錯後的紅筆批註樣，我總是繞開這些最直接、簡單的問題，以能有的「孝行」來彌補——實際就是遮掩我一生都無法彌補的過錯和罪過。

早先，我在哥哥沒有給家裡裝電話之前的十幾年裡，保持著每月給家裡寫兩封信的勤勉以報平安；現在，通訊發達了，我則每隔三天兩天，都給母親打個長途電話，說些清淡的閒話，保持著那種看似平淡無奇、實則必須的通話聯繫。離開家鄉、離開土地長達三十年，每年春節，我都千方百計要回家過年，哪怕當戰士和剛剛提幹的時候，紀律如鐵，我也總是假詞理由，要在過年時回家陪著母親熬那大年三十的傳統除夕，偶遇實在不能回去過大年初一時，也必要回去過個初五或正月十五。早先時，我回家的其中一件必行之事，是把當年我寫的那一大遝兒母親整整齊齊收好的報安信件撕毀或燒掉，以免積得過多，被人窺出那其中形式大於內容，甚至有時虛浮大於實在的隱秘。我在拿每月六元、八元的津貼時，每三五個月給家裡寄一次錢，在提幹之後，每月領了工資，除去伙食與僅有的零用，也都如數地全部寄回家去，以供父親吃藥和療病。按理說，老天爺總是睜著眼睛的，似乎連他睡覺時，也許都還總睜著一隻似公不公的眼。這樣，他害怕我家的苦難過多而累積成一種爆發的災難——因爲災難總意味著一種結束和重新的開始，所以他讓我大姐飽嘗了十七年病苦後緩輕下來，繼而，又讓我們兄弟姐妹，如接力賽樣又開始瘋跑在爲父親求醫問藥的人生道路上。

那時候，大哥已經是每月二十六塊八工資的郵電局的臨時投遞員，他每天騎車跑幾十公里山路投信送報，吃食堂最差的菜，買食堂最便宜的飯，有時候，索性一天只吃早晚兩餐，把勒緊褲帶節餘下的錢送回家裡；大姐因身體虛弱，被照顧到小學教書，每月也有十二元的民辦工資；二姐除了種地幫母親洗衣燒飯，也不斷去拉沙運石，跟著建築隊幹一些體力零活；母親，還有我的母親，她比她的任何一個兒女，都更多地承受著幾倍的物質和精神上的壓力，上至下地耕作，下到餵豬養雞，外到每個兒女的婚姻大事，內至每天給父親熬藥倒痰。可以說，父親的生命，幾乎全都維繫在吃藥和母親的照料上。所以母親每天少言寡語，總在默默地承受，默默的支撐。母親粗略地核計了一下，在八十年代初的那幾年，父親如果哪天有五至六元錢用於藥品，那一天父親的日子就會好過些，如果沒有這五到六元錢，他就難熬那一天因我的逃離而留給他的苦難。可在那個年月，每天有五六元錢，又談何容易呢？加之大姐、大哥的婚事，住房漏雨需要翻修，吃鹽燒煤的日常開支，家裡的窘境，其實已經遠遠超過大姐病重的時候。

一九八二年冬，父親的病愈發嚴重，那時我已經是個有四年服役期的老兵，是師圖書室的管理員，在家裡窘到極處時，父母想到了我，在園子裡想到了部隊的醫院。這一方面，因爲部隊醫院隱含一定的神秘性；另一方面，也是考慮到部隊醫院可以周旋著免去醫療費。於是，我請假回家去接了父親。記得是哥哥把我、父親和母親送上了一百多里外洛陽至商丘的火車。火車啓動時，哥哥在車窗和我告別說：「父親的病怕是不會輕易好了，無論好壞，你都要讓父親在醫院多住些日子，是醫院都比家裡要好。」哥哥說：「讓父親在醫院多治多住，就是有一天父親下世不在了，我們弟兄心裡也可以少些內疚。」我正是懷著少些內疚的心情回去接父親的，可天黑前下了火車，到師醫院的門口，父親突然把我叫住，把母親叫住，說：「我從生病以來，沒有正經住過醫院，這部隊的醫院正規，設備好，技術也好，咱們火車、汽車，跑了幾百里的路程，又沒錢付帳，如果人家不讓住時，你們都給醫生跪下。我也給醫生跪下。」

當下，我頓時哭了。我知道，師醫院遠不如一般的農村縣醫院的技術和設備，知道父親的病雖不是惡症，但也是難癒之症，之所以要到千里之外的部隊醫院，更多的考慮是可以免費。那一刻，我擦著眼淚說：「爹，都給醫院說好了，來就能住的。」

然後，我把師文化科長幫我在師衛生科開的「需要照顧住院」的介紹信拿出來給父親去看。父親望著那信，臉上有了一層興奮，掛著笑說：「想不到能來這裡住院，說不定我的病就該好在這裡，要那樣你這輩子當兵也就值了。」

不消說，父親是抱著治癒的極大期望來住院的。在最初的半個月，因為醫院噓寒問暖，因為他的精神也好，病似乎果然輕了。那半個月的時光，是我這一生回憶起來最感安慰、最感溫馨的短暫而美好的日月。因為，那是我這輩子予父親唯一一次孝敬床頭的兩個星期。每天，我頂著北風，走四五里路去給父親送飯，一路上都哼著戲詞或歌曲。一次，我去送夜飯時，父親、母親不在病房，而我在露天電影場找到了他們，見他們在寒冷裡聚精會神地看著電影，我的心裡便漫溢過了許多歡樂和幸福，以為父親的病是果然輕了，慌忙給哥、姐們掛了長途電話，把這一喜訊通告他們。父親也以為他的病有望再癒，在看完電影回來之後，激動而又興奮，說他多少年沒有看過電影了，沒想到在冬天的野外看了一場電影，也才咳了幾次。

然而，三天後下了一場大雪，天氣酷寒劇增，父親不吃藥、打針就不能呼吸，而打針、輸液後，則呼吸更加困難，終於就到了離不開氧氣的地步。於是醫生就催我們父子儘快出院；一再地、緊鑼密鼓地催促著出院，害怕父親在醫院的床上停止呼吸。父親也說：「不抓緊回家，怕『老』在外邊。」這就結束了我一生中不足一個月的床頭盡孝、補過的日子。

回到家，農村正流行用十六毫米的電影機到家庭放電影的習俗，每包放一場十元錢。電影是當年熱遍天下的《少林寺》，我們一家都主張把電影請到家裡，讓父親躺在床上看一場眞人能飛簷走壁的《少林寺》。看得出來，父親也渴望這樣，可把放映員請到家裡時，母親又說：「算了吧，有這十塊錢，也能讓你父親維持著在人世上多活一天呢。」這樣兒，我們兄弟姐妹面面相覷，只好目送著那個放映員和他的影片，又走出了我家大門——這件事情，成爲我對父親懊悔不迭的失孝之一，每每想起，我的心裡都有幾分疼痛。給父親送葬時候，我的大姐、二姐都痛哭著說，父親在世時，沒能讓他看上一場（僅一場）他想看的電影，然後她們都以此痛罵她們的「不孝」；我看見哥哥聽了這話，本已止哭的臉上，變得慘白而又扭曲，淚像雨注樣橫流下來。於是，我就知道，這件事情在我哥哥和大姐、二姐心裡，留下懊悔的陰影也許比我的更爲濃重。

而獨屬於我的頓足的懊悔，則是在一九九四年「國慶」，我沒有給新婚的妻子買一套衣服，沒有買一樣禮物，我用借來的一百二十元錢打發了我的婚事，打發了妻子一生僅有一次的婚姻。當我領著毫無怨言的妻子第一次回家看望父母時，正趕上中秋突來的暴寒陰雨，父親突然病危，使家裡一天一夜慌亂不止，請醫抓藥，輸氧熬湯，一家人不敢離開病床半步。那一夜陰雨剛過，天空有些放晴，我家上空的星月清冷而又稀薄，屋子裡充滿了寒涼和對父親的擔憂，大家連走路說話都慢步輕聲，似乎生怕驚了父親微弱的呼吸和細弱的魂魄。

終於到父親的病情有些緩解，大夫把我和母親叫到另外一間屋裡，說父親的身體太虛太弱，需要一些貴重藥品的滋補。問：「家裡還有錢嗎？」母親搖頭。而我這時，把頭深埋在自己懷裡，很久沒有一句言語。望著我們一家，大夫長歎一聲，以他特有的職業語氣說：「只要二叔（我父親）活著，你們家怕不會有好日子過；你們家要日子好了，二叔也能多活幾天。」不知道這位在父親生病期間盡心盡力的鄉村大夫，那時候是對父親生命將盡的判斷，還是對我家——世界上一個普通農民家庭生存的一種總結。說完，他們就又到父親床前去了，而我卻不知爲什麼站在那兒沒動。站在那兒，腦子裡嗡嗡嚶嚶，似乎從大夫的話裡，預感到了一種不祥。

說不上在那兒站了多久之後，我獨自從屋裡出來，孤零零地立在寒夜，抬頭望了一下冰色的天空。突然，我的腦子如天裂樣劃過一個想念，那可怕的想念如流星樣一閃而失，帶著轟鳴，帶著劇烈的光電，在我的頭腦怦然地炸響——我一點都不知是爲了什麼，完完全全是猝不及防，我腦子裡又重複了半句大夫說過的話：「只要二叔活著，你們家就不會有好日子過……」我如果把大夫那一句話重複完整也就好了；如果把這話裡存儲的別的含義想想也就好了，可當時，那半句話在我腦際戛然而止，如冰凍樣結在了我的腦際。明確說，停在我腦裡的不是那話，是那話最直接的含意——「只要父親在世，我們家（也許就是我）就不會有好日子過。」或者說，那含意就是我對父親故逝的一種預盼，對父親長年有病受到拖累的一種厭煩，一次逆子私欲的無意識表白。那時，當我立馬意識到我腦裡閃過大夫那半句話裡，似乎有「我希望父親早一天離開人世」的含意時，似乎「想以父親的死來換取我們家（我）的好日子」時，我頓時木呆震驚，身上有了一陣冰冷的哆嗦，叮噹著從我頭上朝腳下轟鳴響去。彷佛害怕父親能夠聽到我的想念，害怕母親和哥、姐們突然出來，看見我內心的罪過和卑劣，我慌忙從院落往宅後的空院躲去。

那所空宅院落裡，那所父親在我當兵後因每夜走動而再次染疾的空院裡，潮濕而陰暗，寂靜而神秘。多半落葉淨盡的桐樹和椿樹，淡影婆娑，梢葉微動；濃厚的濕氣和腐氣，有聲有響地在空院裡滾去滾來。立在那空院的中央，我彷彿被孤零零地推到了寒夜裡無邊無際的山野或海的中間，渾身都漫溢著孤獨和寒涼。想著我那一瞬間產生的卑劣、罪過的想念，爲了懲戒我自己，我朝臉上狠命地打了一耳光，接下來，又用右手在我臉上、腹上、腿上往死裡擰著和掐著……

然而，一切都來不及了。老天好像要讓我給我自己的心靈上留下永久的懲罰樣，他行施了他權力中的召喚和應驗，在我對我父親有了那一念之間的罪惡想法的兩個月後，便把我的父親召喚去了。讓我的父親，永遠地離開了母親、離開了我們兄弟姐們和他的那些如親子樣孝順的侄男和甥女，及他苦戀著的這個活生生的人世和鄉村。

清欠

現在，可以清算一下我所欠父親的債務了。

可以由我自己對我自己實行一次良心的清洗和清理了。先說一下我沒有花那十元錢讓父親看一場他想看的電影《少林寺》，當時，我身上是一定有錢的，記得回到豫東軍營以後，身上還有十七元錢。就是說，我完全有能力擠出十元錢，包下一場電影，讓父親生前目睹一下他一生都津津樂道的「飛簷走壁」的那種神話和傳說。爲什麼沒有捨得花那十元錢呢？當然，是小氣、節儉和當時的拮据所致。可是，更重要的是些什麼呢？是不是從小就沒有養成那種對父親的體貼和孝愛？是不是在三歲、五歲，或者十幾歲時，父親倘若從山上或田裡收工回來，給我捎一把他自己捨不得吃的紅棗，或別的什麼野果，我都會蹲在某個角落，獨吞下肚，而不知道讓父親也吃上一顆、兩顆呢？

我想是的，一定就是這樣。因爲在我參軍以前，我從來沒上街給父親買過一樣吃的，一樣穿的；甚至，從田裡回來，也沒有給父親捎過一穗鮮嫩的玉米。我倘若不是那種私欲旺極、缺少鍾愛他人之心的人，在有能力給父親花十元錢的時候，我爲什麼沒有去花呢？人總是這樣，在來不及的時候才明白，在不需要的時候才會大方和無私，在一片推讓中才會無私和慷慨。毫無疑問，我也是這樣的人，是那種天冷了首先要自己穿暖，天熱了首先要自己站在樹蔭下面的人。這樣的人，無論對誰，包括自己的血緣父母，都有一個先己後他的順序，先己時不動聲色，後他時張張揚揚。而且張張揚揚還在先己後他的掩蓋之中。仔細想想，我確鑿就是這樣。當時沒有替父親包下那一場電影，最爲直接的原因就是因爲沒錢，可沒錢爲什麼回到部隊後，身上還餘有十七元錢呢？如果自己自幼就是那種愛父母勝過愛自己，是那種肯把父親的吃穿、喜好放在自己心上的人，我會不包那一場電影嗎？爲什麼到了父親死去之後，才來懊悔這件事情呢？這不也正是要把自己冰冷了的善、愛穿上一層棉衣嗎？把自己善、愛的燥熱，表白著放在濃蔭下的風口朝四處張揚嗎？至今我都認爲，一個人可以對他人在任何方面縮手退步，而絕不能對自己的父母、對與自己一切有血緣關係的兄妹、子女，在任何時候退步縮手，哪怕是死，或去流血。然而，我卻沒有這樣去做著。

其次的第二筆欠單，就是自己執拗地服役，執拗地逃離土地，從而在別人以爲一切都合乎情理中改變了父親的命運，使父親癒疾復發，六年後就別離了這個他深愛的世界。這是我永生的懊悔，永生又可以用許多生存、前途和奮鬥的理由來搪塞、來辯白的事情。正是我自己總是這樣的搪塞與辯白，正是不敢直面、正視我的行爲是導致父親過早下世的根本緣由，也才出現了父親死前不久，在我頭腦裡下意識地「只要父親活著，我們家（我）就不會有好日子過」的罪惡的念想。這是我對父親的第三筆欠單，是無可辯白的罪孽。甚至，是上天行使應驗的權力、召回父親的最好依據。

那麼，我的父親，他在生前知道這些嗎？他先我們一步體驗了生，又體驗了死，他死前究竟想了什麼呢？人們隨時可以體察生的感受，卻永遠只能揣猜死的含意。死亡，到底是一種對生的懲治，還是對生的超度？也許，既是懲治，又是超度；也許，既不是懲治，也不是超度，僅僅是一種單純的結束。有的人，享盡了人間富貴，因此他才留戀今生，恐懼死亡；也有的人，正因爲享盡了擁有和富貴，他才能與死亡談笑，面對結束如超度一般地輕鬆與自如。還有一種人，因爲受盡了人生的苦難，才體味到了死是一種眞正的新生，才眞正地把死亡視若超度而企盼，而實踐。

可是我的父親，他既不是前者，也不是後者。他留戀人生，是因爲他受盡了苦難；因爲他受盡了苦難，他才加倍地體味到了生的意義和生中的細微的歡樂。春天，他可以把口罩戴在臉上，坐在溫暖的院裡，抵抗著最末一絲的冬寒，望著門口行人的腳步，以此恢復他在病中忘記的鄉村的模樣和記憶；夏天，他可以在門口、村頭、田野慢慢地走動，觀看莊稼的生長、雞狗的慵懶，以此來重新感受這世界的存在，和存在的溫馨；秋天，他可以坐在避風的哪兒，守著母親淘曬的糧食，望著從天空南飛的雁陣，慢慢回憶他種過的田地，收過的莊稼和他純屬農民的人生與經歷；就是到了冬天，到了他人生的寒冬，北風呼嘯，他呼吸困難，也可以圍著侄男侄女爲他生的火爐，或躺在床上母親和姐姐們特意爲他加暖的被裡，端著我那知情達理的嫂子爲他熬的湯藥，望著方方和圓圓，他的一對同歲的孫女和外孫女，看她們嬉戲，看她們爭吵，藉以享受親情和血緣所帶來的天倫的歡樂。

他爲什麼不留戀這個世界呢？地裡的田埂還需要他去慢慢地打上一段；鄰里的爭

吵，還需要他去說和與調解；子女們成家後的生活煩惱，也還需要他坐下去勸導與排解。就是孫子、孫女，侄孫、侄孫女們，也還需要他拉著他們在門口玩耍著長大。他眞的是沒有過早離開這個世界的理由，沒有不留戀這個世界的理由。對於父親來說，對於一個農民來說，只要活在這個世上，能同他所有親人同在一個空間裡生活和生存，苦難就是了享受，苦難也就是了歡樂。我的父親，他清明洞白了這一點，體會了這一點，因此，他把死亡當做了是上帝對他的懲戒，可又不知道自己本分、謹慎的一生，究竟有哪兒需要上帝的懲戒。所以，知道自己將別這個人世時，他長時間地含著無奈的眼淚，最後對我的哥哥用企求的口吻說：「快把大夫叫來，看能不能讓我再多活一些日子……」對母親最後的交代，也就是了他的遺囑。他說：「老大、老二媳婦都在城裡工作，都是城裡的人，可我們是農民，在鄉下慣了，我死後你就一個人在農村過自己的日子，到城裡你會過不慣的，過不好的……」而父親對我說的最後一句話則是：

「你回來了？快吃飯去吧。」

這是農曆一九八四年十一月十三日的中午，我在前一天接到父親病危的電報，第二天中午和妻子趕回家裡，站在父親的床前，他最後看了我一眼，眼眶裡蓄滿淚水後，對我說的最後一句話，也是對這世界說的最後一句。仿佛就是爲了等我從外地回來說下這一句，仿佛就是父親不願和我這樣的兒子相處在同一空間裡，所以父親剛剛說完這話不久後，他就呼吸困難起來，臉上的悽楚和哀傷，被憋成了青紫的顏色。這時候我便爬上床去，把父親扶在懷裡幫著大夫搶救，可當父親的頭倚戀在我胸口的時候，當父親的手和我的手抓在一起的時候，我的父親便停止了呼吸，把頭向外猛地一扭，朝我的胸外倒了過去。然後，他把抓我的手也緩緩鬆開，兩行淒清的淚水便從眼裡滾了下來。試想想，父親不留戀這個世界，他會在他生命的最後流出那淒清的淚水嗎？可留戀這個世界他為什麼又要走了呢？走前為什麼要把頭從我的胸前躲出去，要把抓住我的手鬆了開來呢？這一切，不都是因為他的頭貼在我胸前時，聽到了我心裡曾經有過的「只有父親下世，我們才有好日子過」那一瞬惡念的回音嗎？

將人比物說——世物中有種昆蟲，在生下兒女之後，要以自己的血肉之軀為食糧，來把兒女的幼年養育至成年。這樣餵養的生命景觀，展示了什麼樣的生命意義呢？還有一種毛色暗淡的狼，有食時可以與父母共同享用，然只要七天饑餓，四處找不到食物，它就要把年邁的父母殘酷地吃進肚裡，而做父母的這個時候，望著兒女把自己咬得鮮血淋淋，也不會吼叫與還口。想一想，我是不是那蠶食父母的昆蟲和以年邁的父母為食的殘酷、饑餓的野狼呢？即便不是，身上不也藏著那樣的惡端品性嗎？從不花十元錢去爲父親包一場電影那樣的日常細節，到一味地要逃離土地，因此改變父親命運的執拗行爲，再到敢於產生惡念的內心，我到底算一個兒子嗎？算個兒子又是什麼樣的兒子呢？是不是我在經過了這次懺悔和清理之後，面對父親我就能經得起良心的最後質詢呢？我不只一次地想過、算過了，我欠父親的債務不是錢，不是物，而是因惡而欠的生命和命運。算一算，我的大伯活了八十二歲，我的三叔也已將近八十歲，去年故去的四叔，死時也已六十九周歲。以他們弟兄的平均年齡來核算，我父親的生命如果應該有個平均値，那麼，他至少應該活到七十五到七十六歲間，可是，父親死時卻只有五十八周歲。這樣說，我所欠父親這十八年的生命債務，我如何才能償還呢？村裡有人和父親是同樣的病，同樣的病症也活到了七十六周歲，如果父親這樣的疾病，沒有因我而發，焉何知道他就活不到七十六歲，活不到八十周歲呢？

結去

現在，父親墳上的柳幡都已長成了樹木，二十多年的時間裡，生活中發生了許多事情，唯一不變的就是父親的安息和我對父親永遠不能忘記的疚愧與想念。不用說，父親安靜地躺在閻姓的祖墳中，是在等著他兒子的報到和終歸。安葬父親時候，我的大伯在墳上規劃墳地位置時，把他們叔伯弟兄四個的安息之地劃出了四個方框後，最後指著我父親墳下的一片土地說：「將來，發科（我哥哥）和連科就埋在這兒吧。」

現在，我已經明明確確的知道，在我老家的墳地裡，有了一塊屬於我的界地和去處。待終於到了那一天，我相信我會努力去做一名父親膝下的兒子與孝子，以彌補父親生前我對父親的許多不孝和逆行。

別的話，沒有什麼要說了。

二〇〇九年六月十八日於北京

過年的母親

倏忽之間，兵已做了十四個春秋，每遇了過年，就念著回家。急慌慌寫一封家信，告母親說，我要回家過年，彷彿超常的喜事。母親這時候，便拿著那信，去找人念了，回來路上，逢人就說，連科要回來過年了，彷彿超常的喜事。接著，過年的計畫全都變了，肉要多割些，饃要多蒸些，餛飩的餡兒要多剁些。

做這些事情時，母親的陳病就犯了，眼又澀又疼，各骨關節被刀碎了一樣。可她臉上總是笑意充盈著，挖空兒到鎮上的車站，一輛一輛望那從洛陽開來的長途客車。車很多，一輛又一輛地開來；人也很多，一湧一湧地擠下。她終於沒有找到她的兒子，低著頭回家，夕陽如燒紅的鐵板樣烤壓著她的後背。熟人問說哪兒去了？她說年過到頭上了，卻忘了買一包味精。那人又說味精不是肉，少了也就少了。母親說，我孩娃回來過年，怎能沒了味精呢。

回到家，母親草草準備了一頓夜飯，讓人吃著，身上又酸又疼，舀了飯，又將碗推下，上床早早睡了。然卻一夜沒有合眼，在床上翻著等那天亮。天又遲遲不亮，就索性起來，到灶房把菜刀小心地剁出一串煩亂的響音。剁著剁著，案板上就鋪了光色，母親就又往鎮上車站去了，以爲我是昨晚住了洛陽，今早兒會坐頭班車回家……

這樣接了三朝五日，眞正開始忙年了。母親要洗菜、煮肉、發麵、掃房屋，請人寫對聯，到山坡採折柏枝，著實挖不出空來，就委派她身邊鄰舍的孩娃，一群著到車站等候。

待孩娃們再也感覺不到新鮮，母親也就委派不動他們了。那車站上就冷清許多，忽然間仿佛荒野了。可就這時候，我攜著孩子，領著妻子，從那一趟客車上下了來，踩著那換成了水泥的街路，激動著穿過街去，回到了家裡。推開門時，母親正圍著圍裙在灶房忙著，或在院落剝玉蜀穗兒餵雞，再或趴在縫紉機上替人趕做過年的新衣。而無論忙著什麼事情，那塊自染的土藍圍裙總是要在腰上繫著。這時候看見我、妻和孩子，便略微一怔，過來抱了她的孫子，臉上映出難得有一次的紅潤，說你們外面忙，火車上人又多，回不來就不要回了，誰讓你們趕著回來過年呢？明年再也不要回了！

妻不是農村的人，她一生受到的是和農村文化截然不同的教育，甚至和她同樣的城裡人相比，那教育也很獨僻，所以與鄉村的文化和習俗，她是堅決地格格不入。每次回家，打算著初六返回，初二她便焚心地急。今年過年，我獨自同孩子回了，且提早寫信，明確日期：臘月三十回家，午時到洛陽，下午晌半到鎮上。一切都準時得少見。長途客車顛到鎮上時，我問孩子：「見了奶奶你怎麼辦？」

「讓奶奶抱著。」

「說啥？」

「說奶奶好，我想你。」

「還說啥？」

「說媽媽上班回不來，媽媽讓我問奶奶好。」

「還怎樣？」

「過年不要奶奶的壓歲錢。」

這就到了鎮上。鎮上依如往年，路兩邊擺有煙酒攤、水果攤、花炮攤。商店的門依然地開著，仿佛十四年未曾關過。時候已貼近了大年，採買的人都已買過，賣主們也只等那忘買了什麼的粗心人突然光顧。街上是一種年前的冷清，想必大人們忙著，孩娃也在家忙著。我拉著孩子下了汽車，四顧著找尋，除了夕陽的光照，便是攤販收貨回家的從容，還有麻雀在路口樹上孤獨的啁啾。

沒有找到我的母親。

孩子說：「你不是說奶奶在車站接我嗎？」

我說：「奶奶接厭了，不來啦。」

我牽著孩子的小手，背著行李從街上穿過。行李沉極，全是過年的客品：酒、煙、水果糖、糕點、麥乳精、罐頭和孩子穿小了或款式過時了卻照樣新著能穿的小衣。我期望能碰到一位熟人，替我背上一程，可一直到家，未曾見了哪個村人。推開家門的時候，母親正圍著那塊圍裙，在房檐下攪著麵糊。孩子如期地高喚了一聲奶奶，母親的手僵了一下，抬起頭來，欲笑時卻又正色，問就你和孩子回來了？我說孩子他媽廠裡不放假。母親臉上就要潤出的喜紅不見了，她慢慢走下臺階，我以為她要抱孩子，可她卻只過來摸摸孩子的頭，說長高了，奶奶老了，抱不動了。

到這時，我果真發現母親老了，白髮參半了。孩子也眞的長高了，已經到了他奶奶的齊腰。我很受驚嚇，仿佛母親的衰老和孩子的長成都是母親語後突然間的事。跟著母親，默默地走進上房，七步八步的路，也使我突然明白，我已經走完了三十三年的人生。

我說母親，「你怎的也不去車站接我們？」

母親說：「知道你們哪天哪一陣到，我就可以在家給你們按時燒飯，不用接。」

說話時，母親挨著她孫子，把麵糊在他頭上攪得很快，問：「在家住幾天？」

我說：「過完正月十五。」

她說：「半個月？」

我說：「十六天。」

「當兵十多年，你還從沒在家住過這麼長時間哩。」母親這樣說著，就往灶房去了，小小一陣後，端來了兩碗雞蛋麵湯，讓我和孩子吃著，自己去扞葉兒包了餛飩。接下，就是幫母親貼對聯，插柏枝，放鞭炮……

鞭炮的鳴炸，宣告說大年正式開始了。

夜裡，我抱著睡熱的孩子陪母親熬年，母親說了許多村中的事情，說誰誰家的女兒出嫁了，家裡給陪嫁了一個電視機；說誰誰家的孩娃考上大學了，家裡供養不起，就不上了。最後就說我的那個姑死時病得多麼的重，村裡哪個人剛四十就得了癌症，話到這兒時，母親看了一眼桌上擺的父親的遺像。我便說娘，你獨自在家寂寞，不妨信信佛教、基督教，信迷信也行，同別人一道，上山找找神，廟裡燒燒香，不說花錢，來回跑跑身體會好些。

母親說，「我都試過，那些全是假的，信不進去。」

再就不說了，夜也深了進去，森森地黑著，便都靜靜地睡下。來日，我絕早起床，放了初一鞭，先將下好的餃子端給神位，又將另一碗端到娘的床前。娘吃後又睡，直睡到太陽走上窗面，才起來說天眞好啊，過了個好年。初一這天，母親依舊很忙，出出進進，不斷把我帶回的東西送給鄰舍，回來時又不斷用衣襟包一兜鄰舍的東西，如花生、核桃、柿餅。趁母親不在時，我看了母親的過年準備，比任何一年都顯豐盛，饃滿著了兩箱，油貨堆了五盆，走親戚的禮肉，一條條掛在半空，共七條。我有四個姑，三個舅，我算了，馬不歇蹄走完這些親戚，需我五天至六天。可在我夜間領著孩子去村裡看了幾個老人後，回來時母親已把我的提包掏空又裝滿了。

她說：「你明天領著孩子走吧。」

我說：「走？我請了半月假啊。」

母親說你走吧，過完初一就過完了年，你媳婦在外，你領著孩娃回來，這是不通道理的。你孩娃和孩娃媽，你們才是眞正的一家人，過年咋樣也不能分開的！

我說：「過完十五再走。」

母親說：「你要不是孝子，你就過完十五走。」

一夜無話。來日母親果眞起床燒了早飯，叫醒我和孩子吃了，就提著行李將我們送往鎭上了。這個年，是我三十三次過年，在家過得最短的一次，前計後算，也才滿了一天，且走時，母親交代，說明年別再回了，外面過年比家裡熱鬧。

大姐

大姐是老師。

大姐已經人到中年。陪伴大姐走著人生，進入中年的有兩樣東西：病和教書。病是大姐人生之路上最常見也最難逾越的深淵，教書是大姐人生之路上最不可缺欠的拐杖。教書在大姐，占了她生命很大一塊黃土薄地，已有二十三年的歷史；而病從十三四歲就已開始，似乎她流過的生命之河裡，總有一股被疾病污濁的渾流。

我童年最強烈的印記之一，就是大姐在病床上不絕於耳的疼痛的哭聲，腰疼、腿疼，以至全身的疼痛。大姐躺在光線黑暗的屋裡，一家人愁在一牆之隔的正間，大姐每一聲穿透牆壁的尖叫，都深刻地刺在父母的臉上，使父母親那本來瘦削缺血的臉，更顯出幾分雲色的蒼白。什麼病，跑遍了鄉間的醫院，求遍了鄉間的良醫，也無從知曉。那時候。抬著病人去一百里外的洛陽治病，是鄉村很大一件事情，而在我家，卻已是三番五次。不記得我十幾歲以前，上房的窗臺上，有什麼時候斷過中藥的藥渣。每次放學走進院落，我第一眼要看的，就是看窗臺上有沒有新倒的藥渣。好在那泥土的窗臺，從沒使我失望過，因爲有新的藥渣，就肯定有幾顆做藥引熬過的紅棗。

父母的家教很嚴。但不知爲什麼沒教育出我叫哥喚姐的習慣。有次我又去窗臺上撿吃熬過的紅棗，大姐便抓了幾個棗子給我，母親見了，說讓他喚聲大姐給他，大姐便把那棗子擎在空中不動。我僵持半天，終於沒叫出那聲大姐，大姐眼角便有了淚水，把紅棗塞在我手裡說：我也不配做姐，人家的大姐最少能給弟做一雙鞋穿，我卻有病，拖瘦了家裡的日子。從那一刻起，我下決心再不喚大姐的名字，一定叫她大姐。可時光流逝了十餘年，我卻終於沒喚出她一聲大姐。

大姐的病見好轉，是在我十餘歲以後。如今只記得在大姐的苦疼聲中，父親和他的朋友悶了半晌，來日便抬上大姐，先乘汽車，後搭火車，朝著遙遠的省會鄭州奔去了。其間，不斷從鄭州捎回要錢的口信，我便幫著家人先賣糧食，後賣樹木，最後賣了奶奶的棺材板。幾個月後的一天中午，陽光爽爽朗朗灑了一地。我從學校回家，突然看見大姐端端地坐在陽光裡，人雖瘦得如一把柴草，臉上卻漾蕩著甜潤潤的喜色。她拿一把小糖給我，母親在一邊說，快叫大姐，你大姐的病好了。

我仍是沒能叫出那聲大姐。然接那糖時，母親過來厲聲說，日後你大姐要教書了，是老師了，你再喚她的名兒，我就不讓你吃飯。聽說大姐要做老師，儘管是民辦，儘管是教小學一二年級，仍使我渾身生滿驚愕和敬意，並懷上了對大姐深深的內疚。我沒有料到，我還沒有學會喚姐她卻又成了老師。我知道我沒有力量支配我的笨嘴叫姐，更沒有能力叫她一聲老師。於是，我就常常地躲著大姐，期望和她有更少的說話機會。

學校是在鎮外的一個蘋果園裡，離我家二里左右。從此，我就朝朝暮暮地看著。剛丟下飯碗，學生都還在路上，她已經早早地到校，立在教室的門口，翻看她要講的課文或講義；放學時候，學生都已到家端了飯碗，大姐才拿著課本或夾著學生的作業，搖著她虛弱的身子，蹒跚在鎮外的小路上。大姐走路時，時常拿手扶著那做了四個小時手術的腰，就像扶一截將要倒下的枯樹。我總擔心，她的手離開時，她會倒下的，可她卻是硬硬地挺著，給家裡支撐出了幾年平靜的日子。在那段日子裡，她除了往腰上貼膏藥外，很少說到疼字。父母千方百計地讓她教書，也只是爲了她有一份輕些的活計，料不到到了年底，她竟回來說，期終考試，她班裡的學生在全校平均分數最高。母親說，你別累犯了腰病；她說也不能誤了人家孩子的前程。母親說，你有病，講課累了可以坐著講；她說當老師的坐著，那在學生們面前像什麼樣子。母親說總有一天你會累病的；她說不會的，我的病好了，除了颳風下雨，沒啥兒感覺。

然而，不幸的是被母親言中了。幾年後，她在一次輔導學生升等考試時，昏倒在了講臺上。抬至醫院，才發現她的腰上、肩上、肘上、手腕、膝蓋，幾乎身上所有的骨關節，都貼有黑白膏藥，花花一片，如雨前濃濃淡淡的雲。望著那白雲黑雲似的膏藥，我立在病床前，心裡翻動著滾燙的熱意，如同緩緩流動了一河夏天的水。這時候，大姐醒了，動了動嘴唇，吃力地睜開了眼，望著床邊的水瓶。

我說：「大姐，你喝水吧？」

大姐忽然扭過頭來，眼角噙了淚水，拉住我的手問：「你叫我姐了嗎？」我盯著大姐瘦臉上泛出的淺紅，朝她點了點頭，大姐的嘴角便有了很淡很蒼黃的笑……

從那時算起，已經過去了二十年的光陰，我已經和那時的我大不相同，離家當兵，入黨提幹，成家立業，學寫小說也到了無論自己多麼羞愧，別人也依然要稱你「作家」的田地，連叫大姐都已習慣到不叫反而很難啟口。然大姐除了年齡的變化，臉上佈滿了人生的艱辛外，再沒什麼異樣了，依舊是終日拿著一二年級的課本，或夾著學生的作業，在通往小學的路上搖著她虛弱的身子。到了期末，回來對母親很平淡地說句，她們班的學生，考試時平均分數最高或升級率最高什麼的。再有變化的，就是大姐依舊扶著貼了膏藥的腰身，走過的那條路的路邊，雜草隨著她蹣跚的腳步，二十餘載地枯枯榮榮了。

早逝的兩個同學

衰老是從懷舊開始的。最致命的懷舊是對早逝之人的追憶和想念，這其實是一種對死亡的追趕，是對生命的遺棄和歲月的拋離。可是，許多年來，我總是不斷想起我的早逝在同一年代裡的兩個同學。

今天，女性的美是一種價值和價格，然在二十幾年前，美則是一種禍源和寂寞。李松枝是我的同學中最早離開這個世界的先去者之一，她的漂亮在那時我們以廟爲校的同學中被大家默認共許。在與整個中國一樣，充滿著革命熱烈氣息的鄉村特殊年代裡，我們不懂得什麼是愛，不懂得愛其實是人類所必需的大美。因此，我們對她的漂亮惡意攻擊，把她的苗條說成是「蛇腰」，把她的秀髮說成是「馬鬃」，把她光潔動人的鵝蛋形臉說成是「膠皮」，把她整日潔淨合身的衣服說成是「窮燒」，把她在少女時代已經挺拔起來的胸脯說成是「雞胸」，把她從小學說到中學，把她從暑假說到寒假，直到在那個零下十幾度的酷寒裡，她把她的美和生命斷然沉入冰封的河裡，我們的一切毫無善意的說道才啞然，才愕然，才斷止，也才明白她的漂亮是那樣的姣美，是那樣的打動我們，是那樣的讓我們不敢對她有半點好感。

她家住在鎮上的正街中心，一個不到二分土地的小院，幾間枯瘦的草房，父母、哥哥，似乎她還有一個妹妹，這麼四五口人，艱辛的生活在鎮上婦孺皆知，因爲她家那個隨時要塌卻永遠立在那兒的低矮門樓和破破裂裂的柳木單扇大門，每天、每時都在告訴著每個從門前走過的行人：日子在這個院落裡是一種煎熬。

然而，這樣窮苦的人家，這樣破敗的院落，這樣低狹的房裡，怎麼能生長出那麼動人的少女呢？你動人、你漂亮，你怎麼能穿得乾乾淨淨、合身合體呢？你穿得合身合體你怎麼又能學習不比別人差呢？你學習不比別人差你怎麼還能在同學們面前裝出一副謙虛謹愼的姿態呢？你怎麼能不亢不卑地說話，我行我素地走路，堂堂正正地做人呢？難道你不知道你家是全鎮上最窮困的人家嗎？窮困到母親十幾年前的衣服翻新以後給你穿，你穿幾年之後又改針補線傳給妹妹穿，最後還捨不得把衣服扔掉、毀掉嗎？難道你不知道你們家在那個古老的鎮上沒有一點社會地位，連左右鄰舍比你們家人長得高點胖點、有個親戚也許是生產隊長、記工員、電工之類的人就可以隨意臆造你們家的流言，敗壞你們家的門風，而你的父母都不敢站到門外更正和爭吵一句半句嗎？你這樣怎麼能不讓都已十六、十七，甚或十七、十八歲的同學們說三道四、指桑罵槐呢？怎麼能阻止住男同學從背後把石塊扔到你的身上呢？怎麼能遏住悲劇和陷阱不在你人生的途中焦急地等你呢？怎麼能不成爲大家共同的敵人呢？

終於，在初中剛剛畢業的那個冬日裡，在少男少女相見時，大家從學校的回憶中還拔不出慣性的腿腳時，傳來了她投河自殺的消息，說她從河裡被人打撈出來時，穿了一套過年才穿的新衣服，說她人雖被河水凍得發紫，但她死前精心梳理過的頭髮卻被河水梳理得更加齊整光潔，連一根一絲都沒有淩亂。她投河最直接的原因是因爲父母要把她提早遠嫁他鄉，換回一個姑娘做哥哥的媳婦。這樣的「換婚」、「轉親」在我的家鄉至今都還存在，可發生在我的同學中她卻是首例。

據說，她被當成「物品」對換時，曾經非常想找個同學傾訴一番自己的內心，卻沒有找到一個能讓她訴說一場的人；據說，她在投河之前，曾經在大街上的靜夜中走來走去，許多熟人碰見了她，其中也有同學和她相向而行，迎面相遇，彼此卻僅僅看了一眼，沒有說一句話，就又各奔了南北。無論如何，她是在少女時代往青年邁去的路上，把自己沉入了河底。同學們說起她的死時，都是那句「眞的嗎」之後，想想她的容貌和家境，便都覺得那是她的必然去處，沒什麼值得大驚小怪，不可思議。她不往那裡走去她能往哪裡？合理的，必然的，於是，就再也不用提及她了，完全可以把她忘記了……

可是，這些年來，我總是不期而至地想起她來，想起她清純的美貌，想起她走路的姿勢，想起她笑時微翹的嘴角和說話時的手勢，還有她家的房屋、院落、門板及門前街上的淩亂，想起我們初中畢業時，有一次在大街上相遇，她在馬路那邊，我在馬路這邊，我們的目光一下撞在一起，彼此呆在路邊片刻，誰也沒說話就又分手去了。

是我先離開她的。我是在她看著我的純淨的目光中先自走去的，走去後我連扭身再看她一眼都沒有。那時候她正淹沒在「換親」的陷阱中，後來不久，她便從陷阱中拔出雙腿走進了酷寒的河水裡。

人生是一個積量成質的過程，正如一個人從東向西行，一步一步地走著，經歷著無數風雨，最後風雨夠了，你便老了，死了，到了人生的終點。這幾乎是所有人必須遵守的一個人生規律，但事情也有例外，有不少的例外，那就是在他的人生中幾乎讓我們看不到積量成質的過程。或者說，他的人生不是如眾人一樣從東往西行，而是從西走往東，不是如積勞成疾、積疾而亡的一個由量至質的變化過程，而是一開始就是死亡，就是結束。換一種近情合理的說法是，他呈現給我們的先是死亡，其次才是人生。因爲死亡引起的驚懼，我們才漸次地看到了他的人生一些所謂量的東西。可那些「量」，又分明就是一種「質」。

比起早去的少女李松枝的陌生和動人，我的另一個同學楊老代與我的熟悉已經到了讓我麻木的地步。讀高中時我們每天同行，課堂上我們一同作亂，放學的路上我們一同扒車，週末或假期我們會隨便到哪個同學家裡同吃同住。正因爲這樣的熟悉，卻描摹不出他日常笑時是什麼模樣，走路有什麼特異，直到我當兵不久，家裡寫信說他晚上好好睡著，來日天亮之後，家人發現他已經死在了屋裡，我才想起他其實有著和大家完全不一樣的人生習慣與過程——在通往學校的路上，他總是喜愛倒著行走，我們面向東時，他就面向著西，我們面向南時，他就面向著北，這樣和我們面對著面，一步一步地倒行，或快或慢，他就總是在我們面前，以求彼此相互望著便利，說話時能看見對方的表情和動作。有時爲了考考他倒行的本領，我們便小跑起來，而他卻能神奇地和我們一同倒跑，既不被我們拉下，又不被路上的石頭、坑凹所絆倒。

因爲從鎮上到學校有十里的路程，後來大家相約著要脅父母，給每人買了一輛破舊的自行車。騎自行車上學，當然不能再面對面地到達同一方向，於是我們就經常在馬路上你追我趕，繞龍打鬧，摔倒壞車是經常有的。然而，有一天，老代卻突然可以倒騎著車子與我們一道同行了，他面向車座的方向，屁股擱在前梁上，用後腦勺望（猜）著前面的道路，雙目的餘光瞟著路邊，竟能快慢自如，和我們並肩騎車，甚至從背後或迎面來了汽車，他都面不改色，只憑著感覺把車子騎到路邊，讓汽車從路中央風馳而過。他的這種本領，引來了我們瘋狂的模仿，可無論我們大家如何練習，都達不到他倒騎如正的境界，我們摔倒，我們流血，我們修車，這些因倒騎車子帶來的麻煩在他幾乎是沒有過的。

也許，他天生就有一種倒行的本領，倘若有一天他開汽車、飛機熟練之後，也會倒開也都不是沒有可能。可是，他卻在高中畢業不久，便猝然地告別了我們，走盡了人生，用終結呈現出了許多含有結束意味的開始。

還有一些什麼呢？眞的是因爲熟悉反而都記不起來了？對了，他從少年開始，就承擔起大人承擔著的「養家糊口」的命運負擔，每天放學之後，把爆好的米粒用熬就的紅薯糖漿攪拌均勻，再用兩個對等的碗形木模，把米粒製成一個個雪球似的圓團，在陰涼處自然風乾後，裝入用床單、被面縫好的大袋子裡，在每個星期六的夜深人靜時，沿著一條峽谷，走六十里的山路，挑到鄰縣的一個集鎭上。乒乓球樣米團兒一分錢兩個，小碗似的米團兒，二分錢一個，這樣一天下來，兩袋米團兒也就出手大半，至尾把剩下的兩毛錢一籃，賣給當地婚嫁喪葬送禮的人，也就在週日的晚上，懷揣著幾元進項，連夜又趕回了家裡，不誤來日白天的上學讀書，也不誤一家人的日常人生。

再有，他把別人寫到最後一頁的作業本翻過來重新裝訂，將人家的最後一頁當作自己的第一頁重新開始使用。又有，我們一塊吃飯時，他用碗底兒當碗，在碗底兒裡放上鹹菜吃飯。再有，大家都是右手拿筷子，右手拿筆，右手拿羊鞭馬鞭，而他卻是左手拿筷子，左手拿筆，左手拿鞭、荷鋤……

這一些倒騎、倒行、童年負擔，以反爲正，以尾爲始與他的人生到底是什麼關係呢？我也知道生就是始，死就是尾的道理，但畢竟在芸芸眾生的人世間，還有著許多生就是死，死就是生的倒末事例，那麼，我的這個同學，以他十九歲就自然而亡的年齡，他算不算一個倒行人生的個例呢？

那個走進洛陽的少年

少年時，洛陽於我，不是一座城市，它是我內心的首都；中年後，北京於我，則不是首都，而是一座龐大無邊的城市。

第一次走入洛陽，是在我十二三歲的少年期間。那時候，終日玩耍在被改做學校的村頭廟院，教室的牆壁和房梁上都是描繪的鬼神故事；上學、放學的路上，赤著腳，彈著彩色的玻璃球兒，也在嘴裡念念有詞地背著毛主席語錄和毛主席的驚天詩句，被「世界是你們的，也是我們的，但是歸根結底是你們的」那樣的名言所鼓舞，以爲會有遲早的一日，自己將擁有天下，擁有屬於自己的一隅世界。所以，也就從來不把鄉村的苦累、寂勞放在心上，只是希望能儘快長大，到城裡走走，到洛陽看看。想，既然城和城市在未來都屬於像早上八九點鐘的太陽的我們，我就該早點認識它們，認識那些早晚將屬於我的高樓、馬路、大街、商場、路燈，還有城市磚牆縫裡的野草。

縣城，在我家之南，有三十里路，因爲哥哥在城裡工作，也就尋著機會去了。見那馬路的寬闊，可以並排過去兩輛汽車，便臆想洛陽的馬路，一定可以並排過四輛汽車；見城裡的百貨大樓共是兩層，想洛陽的百貨大樓，一定是有四層，且不叫百貨大樓，而是名爲千貨大樓；見城裡的姑娘多半白淨，大都穿了塑膠透孔的涼鞋，且還有人穿了裙子，想洛陽的姑娘，一定是個個白淨漂亮，個個都穿了透孔的涼鞋，個個都穿了大紅大綠彩色花裙。總之，縣城比著鄉下小街，有著決然的不同。如果村街是一種熱鬧，縣城就一定是一種繁華；村街是廣袤鄉村的一粒夜星，縣城就一定是鄉村靜夜的一輪明月；村街是鄉村的一輪明月，縣城一定就是鄉村的一輪太陽。

那麼，城市——我聽說最多的洛陽，那塊曾經有無數皇帝散步的地方，比起一個縣城，它又該如何呢？不消說，和鄉村小街是縣城的子孫一樣，縣城也是城市的子孫。如果說縣城裡熱鬧異常，洛陽那兒一定是繁華無比；如果說縣城是照亮鄉村的一盞明燈，洛陽一定是縣城永不可企及的一顆明珠；如果縣城是照亮鄉村的一輪太陽，洛陽就一定是照亮整個世界，而且是永不墜落、永遠發光的早上八九點的永恆日出。與縣城的繁鬧永遠是鄉村繁鬧的倍數一樣，洛陽的繁華也永遠是縣城繁華的雙倍百倍。這是一個少年的臆想，也是一個世界的事實。爲了明曉自己的判斷，便日夜盼著到洛陽去走走看看，以證明自己對世界臆想的正確。

也就終於去了。懷著一顆忐忑的心，在十二歲的時候，因爲舅舅是名瓦工，在洛陽幫人做建築，也就終於有機會去了一次洛陽，終於在我的人生中，第一次搭乘人家拉貨的卡車，迎風站立著行馳了一百二十多里，到了歷史上曾有許多皇帝散步地方。果然，果然地發現，一切都與我的臆想一樣，百貨大樓是縣裡雙倍的層數，馬路的寬闊是縣裡馬路寬闊的雙倍。縣城街面上的路燈、燈泡多被少年們的彈弓所擊中，而洛陽馬路邊一街兩岸的鐵杆路燈，即便燈泡已經燒息，也都還完整無損地掛在那兒。還有，縣城裡確有樓房，也就三幢兩棟，立在那兒傲然得不可一世，而洛陽那兒，樓房則多得一片一片，一群一群，因其眾多，則都顯得謙遜而又自然，和鄉村草房因其眾多，都顯得質樸自然，並無自卑一樣，那一群一片的樓房，雖然看我一個鄉村少年有些羞澀陌生，但也並不因爲我的羞澀陌生，而顯示對我的過多高傲。我在洛陽的大街上走來走去，獨自從百貨大樓轉到動物園，又從動物園走回到百貨大樓前的一片浩瀚的水泥廣場，看景，看物，看人。我看見城市的樓房那磚牆的裂縫裡，都長有鄉村田野上的野草，看見動物園裡圈養的黃狼，比我家山坡上時常站著朝村裡窺望的野狼還要肥胖，看見城裡的姑娘，的的確確是每個人都洋洋氣氣，漂漂亮亮，穿著各色的塑膠涼鞋和各樣的長裙短裙。還有，她們每個人從我面前過去，都留下一路一串陳蘋果新梨般雪花膏濃郁的香味。

我想我就是那個時候有了要好好學習、天天向上的美好念想，就像美國的老布希，在七十年代遊了中國的壯美三峽，決定回去要競選總統一樣，那次我從洛陽回到家裡，就思謀著好好讀書，離開農村，逃離土地，到城市裡去安排自己的一生。後來，老布希果然通過競選，當了他的美國總統，我也果然通過保家衛國的途徑，當兵到了部隊，一個有樓房、路燈、火車和漂亮姑娘的豫東小城。

現在，老布希已經七十多歲，早就離開了白宮，回到他的田園農場，觀望世界，頤養天年。而我，二十周歲當兵，從洛陽搭乘火車，到商丘、到開封、到鄭州、到濟南、到北京，一路上奔寫作，過日子，圖聲名，終於就到了在城市害怕員警笑著向你敬禮的時候，到了聽見警車的笛聲，就害怕得要往路邊躲去的年齡，到了在北京看不到首都，只看到城市的中年人生。我想，我大約也該回家去了，回到農村，回到那片偏僻的山坡之下，養隻雞，種片菜，和老布希一樣過悠然自樂的日子。

感謝祈禱

人大多是在父母、爺奶及所有他們的親戚、朋友的祈禱中來到這個世上，享受著祈禱，一日日長大。到了懂事之時，成年之間，尤其中年之後，開始爲自己的孩子和年邁的父母不斷祈禱時，才會深切地感到，祈禱是一種生命的溫暖。享受別人的祈禱，是人生莫大的幸福；而爲別人祈禱，則是生活中最大的無奈與憂心。

想起父母爲我成長的許多祈禱，覺得那都是父母本應該的。天下沒有不爲自己兒女憂心祈禱的父母，也少有不爲父母祈禱的兒女。問：你爲什麼要爲你的兒女祈禱？答：因爲他們是我的兒女。問：你爲什麼要爲父母祈禱？答：因爲他們是我的父母。情理就這麼簡單、眞切，沒有什麼可以疑惑、辯駁之處。所以，父母爲兒女的祈禱，總是被兒女忘記；兒女爲父母的祈禱，也總被父母視作必然、日常。而總是令人銘記在心的，則是父母以外的人，爲你付出的那種祈禱，那種眞情儀式中的跪拜和祝福。

而我，未曾有一天忘記的，是我的三個姑姑在我入伍之後給我的祈禱。前不久過去的那個世紀，一九七九年二月，是中越邊境自衛反擊戰的開始，也是我軍旅生涯的伊初。剛剛入伍的新兵，對射擊中「三點一線」的道理還不甚明瞭，便攤上了一場撲面而來的戰爭，自己除了偶爾莫名的驚慌，也倒還能吃能睡，然而給家裡帶來的「災難性」的不安，卻使父親、母親、哥哥、姐姐們每天都如生活在大地震將要到來的前夕。

爲了祈禱，爲了祝福，那段時間，我家整整一個月都住滿了親戚。父母不信迷信，也任由親戚們四處燒香、求佛，仿佛不如此我便沒有保佑似的，直到那年春暖花開之時，政府通過廣播向百姓宣佈了從越南撤軍。

可是，撤軍了，戰爭並沒有結束，中越邊境的槍聲，還亦如淅瀝的雨滴。而撤軍對我家最大的益處，是三十多口親戚，不再吃住在那座瓦房小院，集體偷偷地燒香磕頭，這就減輕了父母的許多精神負擔，使他們除了爲兒子的憂心，不必再爲家裡日日夜夜滿地是人而操勞煩亂。也就是這個時候，以爲對我的祈禱暫時停下的當兒，在我所在的部隊，還有幾個團在前線的時候，我有機會出差途經家道回了一趟老家。那是落日時分，我家的那個小鎮上，各條街道都漫著初春餘暉的溫暖，都有撲鼻的清新與香味。那個時候，母親正在暮日中攪著麵糊，準備夜飯，我一腳踏進門檻，大聲叫了聲媽——母親猛地回身，突然怔住，半晌無語，碗裡的麵糊卻從她手裡流在了地上。

第二天，父母讓我抓緊到三個姑姑家裡各走一趟，以免她們的牽掛。我首先去了大姑家裡，因爲距大姑家裡近，路也順利，是一條瀝青公路。我到大姑家時，人們吃過早飯都還未及下地，在大姑家的那個村莊，還有人端著飯碗在村街上晃動。而令我意想不到的是，我到大姑家後，她還沒有吃飯，沒有燒飯。我一腳踏進門裡，看見大姑滿頭白髮，正跪在上房正堂的桌下一動不動，嘴裡念念有詞，面前擺了供品，供品前敬著菩薩。香爐裡的三杜草香，讓滿屋蓄溢著繚繞的青煙。因為姑姑堅信世間有神，人的一切都是神的安排，所以，我同姑夫一道，在姑姑身後默默站著，沒有敢去驚動她的那份虔誠，直至三炷香盡，她最後向菩薩磕了三個響頭，姑父才對她說，你起來吧，連科早就到了家裡。使我驚異的是，姑姑對我的突然出現絲毫沒有驚異，我叫了一聲「大姑」，她回頭應著，眼角裡含著感恩的淚珠，臉上卻是應驗的笑容，說她自己知道我要從部隊回來的，知道我已經回到了家裡。說昨夜兒夢裡菩薩曾告訴她說我已到了家中，所以她五更起床上香，燒完三炷，磕了三個頭，再續上三炷香，繼續磕頭，待香又燒完，接著磕頭，接著續香。姑夫對我說，大姑在那個月裡每天都是五更起床，那樣續香八次、九次，頭也磕上二三十個，每天都說我要回來，竟也果然回了，果然有了應驗。大姑並不向我太多嘮叨神什麼的，只是望著我，不停地擦著眼淚，簡簡單單說了幾句，說應驗了，剩下的就是以後每年要向菩薩還願。說除了每天按時給菩薩進香，日後的每個年節，都要向諸神供祭一個豬頭，以保我在部隊歲歲平安，就是還要打仗，也依舊安然。

這就是大姑的心願，從一九七九年算到今天，已經有二十幾年，因爲我那次突然回家給她祈禱帶來的應驗，她二十幾年堅持不斷地每天向菩薩進香，每年春節用豬頭給諸神奉供還願。今年大姑已八十多歲，這樣的事情，未曾斷過一日、一次。

二姑去世很早，在我的記憶中，未曾有過她的身影。三姑住在我家前河的對岸，十餘里路，除了每次去得趟水過河，還要爬上一段山路。那次回家，到三姑家裡是到了大姑家當日的後晌，三姑不像大姑那樣信神，可她那幽暗的屋裡，也擺有神像和香爐。沒有看到三姑像大姑那樣燒香磕頭，祈禱祝福，但見到三姑家牆下的那張條桌中央，放有一尊老壽星的石膏像，而與老壽星並排立著的，則是我這個晚輩入伍後寄回家的穿軍裝的照片。

十幾年後，三姑得了癌病，奄奄一息，我又回家過河探望，她已經基本走完了她那平淡的一生，可到了她生命的最後，我的照片仍然同老壽星一道，立在那張條桌的中央，而她卻在見我不久，便離開了這個世界。

小姑家離我家有三十餘里，不通公共汽車，也不能騎車到達她家。入伍之前，讀小學、初中時候，我每年暑假，都爬山步行到小姑家裡割草放牛，小姑每天都給我擀綠豆麵條，蒸半白半黃的雜饃。之所以去小姑家最多，就是因爲到小姑家裡吃得最好。

可是，那次回家，到小姑家去的腳步我還未得抬起，小姑卻先自回到了她的娘家，看見我後未曾說話，卻已淚流滿面。在幾個姑中，小姑是最不信神的，可到我家的第一件事情，她卻是首先到照片的牌位面前，虔誠地燒香，虔誠地下跪磕拜，感謝列祖列宗，讓她的侄兒連科能安安全全地回了家裡……

事情都已過去了二十多年，到了我中年之後，也開始爲自己的兒子和白髮的母親不斷地祈禱的時候，也就終於明白，由別人爲你祈禱，是你生命中的溫暖，而你爲別人祈禱，則完全是憂心無奈的求援，是人生中最爲孤立無援的祈求。

我的父親已經謝世了十六七年，三姑也已走了許多春秋，大姑、小姑，都因姑父們先行離去而淒然地孤獨生存。他們那一代人，漸次地離去，在一次次地告訴著我，如我的這一代中年，也都正在接近尾聲，這愈發使我體會到了祈禱給人心靈的溫暖。我祈禱母親能健康長壽，祈禱姑姑、叔伯們有好的身體和稍微如意的農家日月，祈禱哥姐們在日子中少些煩惱，少些爭吵，祈禱我的孩子和所有的侄男侄女，學習中有好些的成績，長大後能夠順順當當地成家立業……

明明知道祈禱是一種無奈，但還是祈禱：我的祈禱能給他們帶來溫暖和安撫，像三個姑姑的祈禱給我帶來的安慰一樣。如果一個人，連祈禱也不再有了，那就真的是一無所有。幸虧，我有別人給我的祈禱，也有我給別人的祈禱。這就是一種富有和寬餘，是一種活著的意義。

感謝命運，也感謝祈禱。

常念那些人

對於公、檢、法的錯誤認識，相當於我應該出生在省長家裡，而最後卻成了一個貧窮家庭的孩子樣無法更改。不知從什麼時候開始，就那麼牢固地堅信，公安的人，是無論青紅皀白，就要去威武抓人的人；而法院，是爲了秉公判刑，卻又常常判出偏頗的人。檢察院這兒倒好，是爲了糾正這些才生長、存世的一個機構。因此，覺得三方的它們這邊，都是一窩兒好人、善人、心存良知和對世人、世事懷有感念的人。知道這是一個多麼先入爲主的幼稚偏見，卻是數十年裡無法扭轉和改變。也不是不能改變，是世事和慵懶不許自己朝改變上多做思考的行言。

後來，漸漸地認識了許多《檢察日報》的朋友，他們又無形中牢固了我這一觀念。

最早是我的同學高偉甯——那時他還叫高今，不知怎麼在我睜眼、閉眼之間，就轉業到了《檢察日報》社，做了那兒電視中心的導演，有了很大一番藝術的作爲，這讓我常常以他爲例，逢人便說一個人的成熟和才華大踏步地到來，那是一瞬間的事，不信了你們以高偉寧爲例——他是一個可以多年不見，但卻讓我永遠無法忘記的弟弟。緊跟著，我尊敬的作家莫言，竟也命運多舛，因爲才情如噴的《豐乳肥臀》給他命運車軌上的急速扳閘，突然之間也轉業到了那兒。使人感受一個作家如果你才情過大，會遭受多少平庸的髒手在你頭頂上施壓和蹂躪。

可好在，《檢察日報》擁抱他的命運，讓人相信，在我們這個國度，一個眞正寫作的孤兒，終會遇到慈悲開懷的收留所。畢竟可以寬容那時的莫言，是需要有強健身體並有偉大母親之心的人。《檢察日報》正是一個這樣身體強健並心胸寬廣的母體。因爲這些，就和報社有了內心傾情欽敬的來往，熟悉了那時高檢的宣傳部長——今天《檢察日報》的社長張本才。他是那樣的瘦弱，可其詩、文、畫，卻都奇異瑰麗，飽滿得無以言表，其中隱存他對藝術和世界的獨有探求，讓我這個小說家常感羞愧難當。

一九九三年接他一本文畫集，那些線條的迷宮之道和色彩的奢侈與吝嗇，讓我著迷如對博爾赫斯小說語言的明透與困惑。因惑而迷，也就把那些畫認眞地剪割下來，鑲於鏡框，大小十幅有餘，至今全都掛在家裡的各處牆上。後來同那兒的副總守泉兄相識，一見如故，常去隨他參加一些報社的文學活動，與他親如兄弟，可以把該講和不該的講與他聽，把自己解決不掉的煩惱推到他的辦公桌上，把一些零七八碎的雜務，請他和他的部下——那些文化部門的弟弟、妹妹們共同收拾我的煩亂，自己躲在清靜裡看書、寫作。

趙剛已經多年不見了，第一次見他的感覺是，他是多麼能幹、明白的一個人，如果他是我的親弟弟該有多好哦。孫儷和彭程都是湖北人，因爲她們，讓我不再對誤解中的「湖北的聰明」感到有些微的「譏厭」，而是覺得，我和我的兒子，也有她們的聰穎、細心、誠慧的幾分之一，大約我們的人生就會更多地美好出幾分來。還有靦腆而又內秀慧中的鄭鍵和博超，讓我幻想別讓我失去我的兒子，家裡又多出一個、兩個他們做我兒子的哥哥和姐姐，那麼我們家就是世界上最爲幸福的家庭了。

記得那年隨守泉兄和他的部下去內蒙，一路上堆滿的熱情，可以讓草原和沙漠因不堪負重而告饒。倘是以漫無邊際的沙漠爲廣場，以遼闊無比的草原爲庫房，都難以盛裝負載一路上他們對我腰病的照顧和體諒。之後的多年，參加任何的文學活動，都讓我懷念那次百年一遇的內蒙之行。

再後來，因爲時間在水裡的流轉，守泉兄到別的部門去了，副總趙信負責文化部門，雖只有一面之交，僅有在常熟一個討論會的相熟，卻也奇怪到對他不能忘懷，知道因爲還沒有與他真正熟悉到可以隨時交往便談，竟也在三次變換手機時，在清理了無數手機中的電話號碼時，捨不得把他和他的號碼拿下來，總覺得他也是我兄弟朋友中的一個，是那窩兒對生活和世界富有感念之心的《檢察日報》裡我的好親好友的其中之一。

在那兒——《檢察日報》社，並不知道爲何會對他們有那麼深的情摯眞意來，而在過往自己工作過幾年、十幾年的老單位，似乎也難有這份總是浮在心頭的感覺。寫這篇短文時，他們一個個都如家人樣在我的書房走來串去，在我家客廳裡品茶聊天，而且是那種可以到家不脫鞋子，並隨意抽煙、吐痰的親熱。

眞是的，親沒有道理。也就這麼親著。

二〇一一年六月十六日

一椿醜行

回憶醜行，是一種對往事的微笑。

想起二十多年前，我第一次以正義的名譽，把告狀信送到校長的辦公室時，我已經不再懷有對同學和朋友的不安，內疚早已像兒時在田野燃起的草煙樣無蹤無跡，留下的只是對那時的單純的想念。

那時候，我是那樣的渴求上進，渴望生命中充滿陽光，想在中學入團，想在考試中取得好的成績，想讓我心儀已久的那些學校演出隊的女孩和我多說幾句話，對我微笑一下。也許，渴求上進，好好學習，爭取入團的目的，本就不是爲了自己的前程，而僅僅是爲了讓那些女孩對我刮目相看，覺得我是她們同學中不錯的一個也就足了，也就罷了。於是，在好好學習上是下了一些力氣，而在天天向上方面，除了積極主動地打掃衛生，爭取多擦一次黑板之外，往學校的試驗田裡挑糞種地，也是扮演了髒著不怕、累著不吝的上好的角色。

當然，在得到老師的表揚之後，也不會忘掉乘機把入團申請交到老師手裡，就像把自己的求愛信交到了媒人手裡一樣，熾熱和真誠，在不慎間是可以把房屋、校園、草地、田野都燒起火，可以把世界上所有的寒冬都烤成爲春夏的暖熱的。可是，時隔不久之後，從同學中傳來的消息說，入團的幾個人中，不僅沒我，而且有的卻是幾個我不甚喜歡的同學。之所以不甚喜歡，不是因為他們的學習沒有我好，往試驗田裡挑糞的筐灌得沒有我的高滿，而更為重要的，是他們的家境都比我好，穿戴也都比我穿的時新，漂亮的女同學都像蜂蝶樣日日間圍著他們飛來舞去。現在想來，已經無法形容我那時的痛苦，說世界暗無天日，也是絲毫不為過的。不僅他們成雙結對地走在上學、放學的路上，而且又都有入團的希望；不僅都有入團的希望，還有彼此恩愛的人生可能，這哪能讓一個充滿忌心的少年容忍得了，不做出一些反應，不採取一些措施，不僅有辱了一個少年的人格，也辱了一個天下男人的尊嚴。

是可忍，孰不可忍哦。

從學校回到家裡，我徹夜未眠，寫了一封檢舉信，揭發那些入團苗子們的諸種劣跡，比如某某上課不認眞聽講，某某某下課不認眞完成作業，考試時曾偷看同學卷子等等，還有誰誰誰，他家不是貧下中農，而是富農成分，如此這般，我上綱上線，引經據典，說共產主義青年團是中國共產黨的後備軍，團員是黨員的種子庫，說讓這些人入團，無異於為團旗抹黑，為黨組織這座高樓大廈的根基中塡塞廢磚爛瓦，長此下去，有一天黨會變色，國會變黑，大樓會坍塌，到那時，將亡羊補牢，為時已晚，後悔莫及。在天亮時分，我把那封檢舉信再三看了，裝入一個信封，早早來到學校，如乘著夜黑風高樣乘著校園安靜，把那封信偷偷地塞進了校長的辦公室。

剩下的時間，就是對我耐心的考驗。等待著一場好戲，卻總是不見幕布的徐徐拉開，這使我受盡了時間的折磨，以爲那信也許是校長不慎將它掃進了裝垃圾的簸箕，也許校長將信看了，隨手一團一扔，對作者的名字嗤鼻一笑，說聲「蚍蜉撼樹談何易」，也就算是了結。總之，隨後的日子，一切仍是一切的樣子，鳥還是那樣的飛著，雲還是那樣的白著。以爲一切都已經過去，一切都和沒有發生一樣，使我慶幸什麼也沒有發生，懊悔什麼也沒有發生。可在剛剛平復了內心的不安之後，在一天的課間操時，校長卻突然出現在我的面前，盯著我看了半天，冷冷地對我說了兩句話。

一句是：「你就是閻連科？」

另一句是：「管好自己，管別人幹啥。」

說完這兩句話，上課的鈴聲響了，他沒有再看我一眼，就去往了某個教室。可他那兩句話，卻是我平生在學校聽到的最嚴厲的批評，也是最嚴肅的勸誡。

之後不久，學校開了一個學生大會，宣佈了一批新團員名單。我處心積慮檢舉的三個同學，有兩個在新團員的名單中間。接下來的日子，不知道爲了什麼，好像我所檢舉的幾個同學，知道了我在校長那裡對他們的惡行，連看我的目光，都是那樣的不屑和睥睨，使我不得不在上學、放學的路上，遠遠地躲著他們，不得不把希望學校演出隊的漂亮女生多看我一眼的奢念都及時、用力地掐死在萌芽狀態。為了躲避那些目光，為了躲避學校壓抑的環境，也為了解救那時我家境的貧寒，之後不久，我便輟學到幾百里外打工掙錢去了。每天幹兩個班時，十六個鐘點，能掙上三塊兩毛錢。

隨後，為了謀生，我又當兵到了部隊。探家時聽說我曾經揭發過的那兩個同學終於結婚成家，誓為百年之好。我羨慕他們，也很想去祝福他們，而且還聽說因我找對象困難，他們夫妻曾跑前跑後，給我張羅女友，於是就更加覺得愧疚。到末了，終於去了一次他們家裡，他們似乎並不知道他們入團時曾經發生過的那段插曲，也就沒有主動提起那樁我過往的醜行。

好在，愧疚已經過去，剩下的都是一些美好的回憶。好在，那是我平生第一次去打了別人的報告，也是我這輩子最後一次去打別人的報告。

我為此感到欣慰。

三個讀書人

熟識的一位大學教授，專愛在過年大家舉杯相聚時，獨自躲將起來，抱那麼一摞書，從初一讀到初五。初六上班時，同事交流過年經驗，頗多感慨，而他總是微笑不語。《追憶似水年華》在中國嘩嘩地流淌那年，他見我是在年初七，彼此站在路邊說了一陣話。使我難以忘記的是，他說其實普魯斯特是世上最耐不得寂寞的人，而耐不得寂寞又不得不寂寞，他就不能不寫《追憶似水年華》。他說作家唯一與人不同的就是，他能在寂寞中創造一種不寂寞的生活，說普魯斯特在寫作期間孤苦到無可忍受時，就乘著馬車到街上走走，透過窗隙感受一下世界，其實他哪兒是感受世界呀，他只是爲了證明他還活在世上，活在人間。

又一年，我們是在初六見的面，當時夕陽落在他家門口，一棵越冬的花樹在寒冷裡散發著淺淡的薄香，如青草的氣息。從門口小心地走進屋裡，他說中國最寂寞的作家莫過於蕭紅，蕭紅人不寂寞，可心裡寂寞，《呼蘭河傳》和《生死場》那樣的小說，沒有寂寞的內心，無論如何是寫不出來的，而不在最歡快、熱鬧時候的僻靜處，也讀不出蕭紅童年的孤苦來。當時我想，原來讀書，是有可能在時間上做出選擇的，不是時間對書和作家的選擇，而是作家與書對時間的選擇。同一本書，在不同的時間去讀，一定有不同的心理結果。對這位教授來說，過年期間，讀普魯斯特和蕭紅，也許是最好的時間了。

我有一個識字的鄉叔，因其身體殘疾，倒成了他的福分，記憶中，生產隊總是把最輕的活路放在他肩上，比如看守莊稼和牲畜之類。看守莊稼的時候，他就坐在田頭樹下，倚著樹身，反復地看《聊齋志異》，他可以把聊齋中的故事背下來，流暢得如三好學生背書。而需要看守的莊稼，自然是地理位置偏僻、最易遭人偷盜的地方。在那兒他每看一個故事，就把書蓋在臉上，仰躺在地上，誰也不知道他想些什麼。一年秋天，生產隊長的妻子從他守的玉蜀黍地裡掰了嫩熟的蜀黍，到他面前，掀開他臉上的《聊齋志異》，說我把莊稼偷完你都不知道。他坐起來莫名其妙地說，我三十歲了還沒有成家，活著眞沒意思。放牛放羊的時候，我這位鄉叔不是讀《三國演義》，就是讀《水滸傳》。因爲牛羊總是在草地上邊啃邊走，從不在某一處滯留許久，於是他就跟在牛群或羊群的後邊漫步。一次，牛群牴架，有頭牛的角都抵斷了，他仍然抱著書本。爲此，生產隊扣過他的工分，罰過他的糧食，可他依然如故。

終於，生產隊不讓他守莊稼和牧牲畜了。又因殘疾不能幹活，於是他就歇在家裡。歇在家裡他既不看《聊齋志異》，也不看《三國演義》和《水滸傳》。那一年社會上重新評估《紅樓夢》，書店裡有賣「僅供參考」的「內部」《紅樓夢》，他賣了糧食買了一套，回家讀了一遍就上吊死了。死在夜深人靜之時。死前他把《聊齋志異》、《三國演義》、《水滸傳》和《紅樓夢》碼好擺在他的床頭。埋他時人們又把那些書放在棺材裡他的枕邊。

事實上，在讀書人當中，有一種人是用時間讀書的，另一種人是用心情讀書的，還有一種，是用知識讀書的人。用時間讀書，是會讀書的人；用心情讀書，是會生活的人；用知識讀書，是那種富有智慧的人。而我的這位鄉叔，他是用人生讀書的人。用人生讀書的人，是最不會讀書的人，是最能把書讀懂的人。

馮敏是我的一個朋友。早幾年他還是一個酷愛讀書的普通馮敏，只是《小說選刊》復刊之後，他到選刊社做了編輯，忽然間就在文學圈和編輯隊伍中有了亮麗的名聲。做了《小說選刊》的編輯，閱讀大量的文學期刊成了他分內的工作。而他閱讀文學期刊，多不從頭條讀起，而是從二條讀起，有的時候，還會從末條起始，到頭條時終。這樣讀期刊的方法，在生活中肯定還有別人，也肯定爲數不多。據他自己的經驗，說因爲辦刊人的某種原因，好的小說往往都在二條，都在頭條的掩護之下。說有的作家是專寫二條小說的人，有的作家，是專寫掩護二條或埋葬二條小說的人。而有的時候，末條小說也才是一篇不錯的小說。今年《小說選刊》的第六期，從某家刊物上選載了一篇名爲《今天是愚人節》的短篇，作者是富有才華而還未廣爲人知的張人捷，馮敏在小說評點中說，他是在那家刊物的短篇末條中發現的，並給予《今天是愚人節》很好的評價。小說展示的那種一代人新的情感生活方式，和文字中滴漏出來的時代氣息，使人思考和悵惘。而一個編輯愛從二條讀起、甚至從末條讀起，卻又確從末條中發現了不錯的小說（沒讀到原刊，也許原刊中的頭條、二條更爲不錯也未可知），這件事本身也許比小說更有意味，它既是對有些文學期刊的一個諷刺，也是對一些文學期刊的一次很好的理解。

村頭的廣告欄

村頭的廣告欄說的原來，是指久遠的四十年前，那時革命還像穿堂風樣吹在這個國家的大街小巷。四十年前，我家住在村頭斜錯的一個十字路口，因著路口，又是鄉下人趕集入鎮的一徑必途，因著那個路口，就總是透著鄉村別致的繁亂和韻道，是村人們的一個飯場，也是一個會場。也因此，就在我家的山牆上，抹下一片水泥，塗了黑漆，形如學校的一塊黑板，讓那兒成了一個村莊的通告和廣告欄兒。

兒時的廣告欄兒，多寫著「抓革命，促生產，明天都到河灘砌壩去」；或者：「大公無私，鬥私批修，今晚在村口開大會」什麼的。有了這樣的通知，人們便端著飯碗，在那廣告欄下瞅瞅，並無認眞細緻，也就席地而坐地吃了喝了，說了笑了，讓日子如風樣在那路口吹去吹來。

可是，到了七十年代尾末的一天，那廣告欄裡寫了這樣八個拳大的字兒：「承包到戶，明天分地。」同樣是有些枝蔓橫生的粉筆字跡，同樣是一則帶著強烈社會意識的一道通知，可這八個字，被寫在那廣告欄兒時，黃昏的落日，粉紅淡淡地曬在村口，曬在我家的山牆上，村人們端著一如往日的湯水飯碗，去在那廣告欄下站了許久，說了許久，每個人的臉上，都帶著這個國家給他們送來的興奮，也還有他們從自己人生中總結出來的「東風西風」和「三十年河東，三十年河西」那種風風涼涼。

然而，說歸說著，疑歸疑著，當來日生產隊長拿著皮尺，帶著那時還叫社員的村人們，到河邊與山坡上分地時，人們還是被某種失而復得所鼓舞，在田野上漫過來，卷過去，把寫有各家戶主姓名的椿子和木片這兒插插，那兒砸砸，直到那些扛去的椿子、木片插完了，砸完了，地也分完了，時間早已過去午飯的鐘點和景致，村裡西去的日色，由冬日的黃亮轉爲潤紅時，人們才從山野上團團亂亂地走回來，說笑著，打鬧著，回到村口後，那些餓著肚子的人們，仿佛出門打了勝仗凱旋歸來的士兵，他們散漫而自在，揚眉吐氣而又無拘無束。在村口彼此分手時，有幾個中年人和年輕人，不知是忘乎所以，還是有意地不管不顧，竟解開他的褲子，取出他的東西，在那廣告欄下的路邊，無羞無恥、鬆鬆散散地灑起尿來，且灑得天長地久，流水花開。

因爲分地，人們錯過了午飯，因此晚飯便提前了許多。那天的晚飯，人們在黃昏到來之前，竟都早早地端到了村口的飯場，端到了那黑板似的廣告欄下。原來，那廣告欄裡寫著「承包到戶，明天分地」的一行字下，不知是誰又歪歪扭扭地撿起地上的粉筆，寫了極不雅致的一句精銳：「我操，竟是眞的！」

就在這不夠雅致的話下，人們不約而同地改善了自家的伙食，有的破例炒了肉菜，有的破例烙了油饃，還有的竟然殺了隻雞，把燉的雞塊端到飯場，讓人們共食共餐。明明是爲了某種慶賀，特意殺的宰的，卻偏要說雞不生蛋，只好殺了；明明是特意地如同過年，從床頭的枕下，取出了歲月中珍藏的油鹽必需的費用，上街割下了一刀肥肉，卻偏要說有親戚來了，送來了一刀一秤的寡肉。就在那村口的飯場，在那廣告的欄下，一村人吃得山呼海嘯，說得天翻地覆，完全如那村裡降下了一道吉祥的聖旨一樣，和皇帝親自到了村裡一樣，和一個村莊忽然成了一個國家，村人們要在那黃昏前進行一次鄉村別味的開國大典。

後來，我當兵走了，家也搬了。

家也搬了，可每次探親回家，我總會不自覺地路過那兒，有意無意地去注意那廣告欄兒，見那廣告欄兒上不是寫著「計劃生育是國計民策」，就是寫著「要想富，先修路」，或者「電話通你家，聲音走天下」，再或「大洋摩托，方便快捷」之類的廣告詞兒。時代變了，那詞兒也被時代風吹雨淋，今天這個，明天那個，直到黑板似的水泥牌兒上，黑漆徹底剝落，連灰白的水泥牆壁也開始有一片一片的裂痕下脫，直至再也無法用粉筆在那欄兒裡寫字。以爲那是曾經承載過一個又一個時代的廣告欄兒使命的終結，剩下的事情，就是它用最後的生命，力所能及地承載著鄉村人們不能行走正途的聯絡和小廣告的張貼，比如寫在白紙上的「某村新進配種公豬，豬種健康，收費低廉」，寫在紅紙上的「某村醫生專檢男孩女孩」等等，這樣一些半眞半假，卻又卓然有效的另一類廣告。以爲北方鄉村的時代，和這個國家的許多事情一樣，表面混亂，內裡卻有它的必然；表面有序，內裡卻有它亂心的蕪雜。以爲我家那座山牆上的廣告欄兒，在經過幾十年的世事之後，它已經從一個又一個時代宏大的語境中脫退出來，完全成了民間的一塊普通牆壁，成了鄉村百姓可以視而不見，可以讓它與生活有關無關的一塊日常，如一日三餐之中，多了一粒大米或少了半根青菜樣的可有可無。

尤其是我家的老宅，經過了二十幾年的閒置，早已臨靠了房倒屋塌的景色，連那面原來平整直豎的山牆，也都有了許多欲倒未倒的破敗。於是，今年春節回去過年，母親說老宅老了，院牆都已倒塌，不如把它完全扒掉，以免有一天發生意外。這樣，我就想起了我已經多年不再注意的那面山牆，想起了忘記多年的那個廣告欄兒，也就在春節間的某個上午，特意若無其事地去看了我家老宅，去看了那扇廣告欄兒，看了老宅周圍的鄰人和樹木，大門和路道，天色和空氣。就發現老宅周圍的鄰人們，原來都住著土房草屋，現在多都住著瓦房樓屋；原來每家院裡都有幾樹幾木，一個院落如著一片林地，現在各家的院裡都用水泥鋪了，光潔空曠得和廣場一樣。原來那村口飯場的邊上，汩汩地淌著一條小河，一年四季流水潺潺，水汽漫彌，現在那小河乾了，河也沒了，河道上被新宅的主人們蓋起了一排新房，磚瓦石塊那硫黃的味道，在天空和街道上漫舞飄蕩。你去找那丟失的河道，彷彿走入了一條新建的多少讓人迷向的城街城道。

我到我家那閒置的老宅牆下，先看看四處倒破的院牆，又看看每間屋子都入風透雨的瓦屋，最後到了仍還豎著的那面山牆之下，以為那牆上的廣告欄兒，早應該徹底脫落，不復存在。可及至到了那兒，發現那廣告欄兒，竟還仍舊在著，仍舊地破裂，也仍舊地平整完好，仍舊地貼著這樣那樣正途和邪道上的廣告，比如：「張醫生幫你生男孩，電話6538×××」；比如：「租用水晶棺材，請撥打1390379×××」等，就在這片老舊的廣告欄裡，廣告的白紙紅紙，草紙報紙，撕撕貼貼，貼貼撕撕，有著幾片樹葉的厚薄，在那片水泥牆上乾裂翹動，風吹紙響，有一股灰白色黴腐的紙味和曬乾後的漿糊味。然而，也就在這一片雜亂的廣告中，有著一張不知誰剛剛粗粗野野橫貼上去的紅紙，尺高米長，上寫「無論公樹私樹，誰再砍伐，我日他媽，男人不得好死，女人生個孩子沒屁眼」。這是極致的汙髒，也是極致的通告，在那一片亂雜的廣告中，顯得卓爾不群，刺目醒神。我站在那兒看了一會，會心地一笑，閒散著走了。

回家，母親問我老宅扒嗎？我說牆都豎得結實，先不扒吧。

二〇〇八年二月二十五日於北京

過年幾句話

過年，其實是時間中普通的一天，日出日落、飛雪飄雨，都和往日並無別樣，天象不會因爲過年有特意的變化。時間，實質是一種自然，是自然中無形的光影。或者說，自然，其實也是時間，是時間留下的有形的光影。所不同的，是人在時間中的心情，是心情在時間中刻下的不同的記憶。

由於在過年這一天裡，人們爲了記憶去雕刻時間給回憶留下紀念的印痕時，會有意地用力猛一些，下手重一些，使那記憶的刀痕明顯一些兒，深重一些兒。至於那刀刻間的喜樂、悲愁，則是因著人的不同，個性、經歷和生活背景的不同，決定著他們對這一天雕刻時的刀法和力度的不同。從而，就有了時間中貌似與往日不同的記憶的標誌。

其實，這種有著濃重人爲痕跡的記憶的標誌，又哪能抵擋了萬古不息的時間河流的淘洗。

無論是誰，到了我這樣的年齡，過年，眞的就是普通的一天。

一輛郵電藍的自行車

歲月是久遠地去了，往事如河流上順水而下的空蕩蕩的船隻，而少年時的一些事情，則好像船頭上突兀站立的找不到主人的鷹。我總是主動地去尋找它們，總是能首先看到一輛郵電藍的自行車醒目地朝我走來。它是那樣破舊，不知道已在人生的路上轉了多少命運的輪迴，待我成爲它年少的主人時，它輪胎上的牙痕都已磨平，鈴鐺上的光亮已經黯淡，鏽斑像舊雨布一樣在那上面披著掛著。車圈上倒還有不少亮光，可鬧皮落腳的四個地方，卻是四條狠狠擦去亮光的黑環，像車圈上四條永遠抽著讓它不停歇地轉動的鞭子。

這是哥哥給我買的自行車。將近三十年之後，這輛自行車還在轉著它的輪子，馱運著我的記憶，從遙遠的地方孤零零地朝我走來，如雨天裡找不到父母的孩子。我想起那輛自行車就想把手伸進記憶的塵灰中摸它、擦它、安撫它，宛若終於找到了自己丟失的弟弟、妹妹或者孩兒，要去擁抱一樣。

那時候，二十七八年之前，我十六歲，讀了高中。學校在離我家八九里外的一座山下，一道河邊。我每天一早在天色濛濛亮中起床出村，急急地沿著一條沙土馬路，朝學校奔去，午時在學校吃飯，天黑之前再趕回家裡。讀書是一件辛苦的事情。辛苦的不是讀書本身，而是徒步地早出晚歸，中午爲了節儉，不在學校食堂買飯，而在校外的圍牆下面，莊稼地邊，用三塊磚頭，架起鍋灶燒飯煮湯。架鍋拾柴燒飯的不光是我、我們，還有比我們更遠的學生，他們離校十幾里、二三十里，最遠的五六十里。學校規定不讓在校內起鍋燒飯時，就都蹲在學校的四周，於是一片狼煙。那裡，早中晚都是炊煙嫋嫋中夾有讀書之聲；讀書的聲音被炊煙熏得半青半黑。現在看來，似是詩意，然而在那時，卻是一段歲月和一代鄉下孩子的學業生涯。所以，每每在上學的路上、在燒飯的圍牆下面，看到有騎自行車的同學從身邊過去，看到他們可以騎車上學、下學，可以騎一輛車回家吃飯，像一個農民站在乾旱的田頭眼巴巴地望著大山那邊的落雨。羨慕是不消說的，而最重要的，是感到人生與命運的失落。仿佛，有一輛自行車騎著上學，就等於自己進了人世中的另一個階層；仿佛，一輛自行車就是一個人的標碼，是脫離貧窮與少年苦難的標誌。

我對一輛自行車的渴望，猶如饑鳥對於落粒的尋找，猶如餓獸在荒野中沿著牛蹄羊痕的漫行。可我知道，自行車對於那時鄉村百分之九十的農戶是如何的奢侈，尤其對於我家。連一棵未成材料的小樹都要砍掉賣了買藥的常年有著病人的家庭，想買自行車無異於想讓枯樹結果。我從沒給家裡人說過我對自行車的熱求。但我開始自己掙錢存錢。我去山上挖地丁之類的中藥材去賣；我開始不斷向父母要上幾毛錢說學校要幹某某用；我到附近的縣水泥廠撿人家扔掉不用的舊水泥袋，捆起來送到鎮上的廢品收購站去……我用三個多月的課餘時間存下了三十二元錢。我決定用這三十二元錢到縣城買一輛舊自行車，哪怕是世界上最舊最破的自行車。從我家到縣城是六十里路，坐車要六角錢。爲了節約這六角錢，我在一個星期天以無盡的好話和保證爲抵押，借了同學一輛自行車，迎著朝陽騎車子朝縣城趕去。爲了能夠把買回的車子從縣城弄回來，我又請了一位同學坐在借來的自行車的後座上。可就在我們一路上計畫著買一輛什麼樣舊車時，我們和迎面開來的一輛拖拉機撞在了一起。

我的手破了，白骨露在外面。同學的腿上血流不止。

拖拉機司機下來把我們倆罵得狗血噴頭。

最重要的是，我借的自行車的後龍圈被撞疊在了一塊兒，斷了的車條像割過的麥茬兒。我和同學把自行車扛到鎮上修理，換了一個新的車龍圈，換了二十幾根車條，一共花去了二十八元錢。當手裡的三十二元錢還剩下四元時，我再也不去想擁有一輛自行車的事情了。我老老實實上學，老老實實讀書，老老實實早出晚歸地步行在通往學校的路上。這樣過了一個學期，在一個黃昏回到家裡，忽然發現院落裡停了一輛半舊的郵電藍自行車，說是縣郵電局有一批自行車退役，降價處理。哥哥就給我買了一輛，六十元錢。我知道哥哥那時作爲郵電局的職工，每月只有二十一塊六的工資，騎車往幾十里外的山區送報時，幾乎每天只吃兩頓飯。可我還是爲有了一輛自行車欣喜若狂，一夜沒有睡覺，還居然在深夜偷偷地從床上起來，悄悄地把自行車推到街上，在村頭騎了許久許久。不知道這輛郵電藍自行車換過多少主人，爲多少人家帶去過福音，可從這一天起，它開始了我的、我們家的一段最難忘的歲月行程的輪迴轉動……

這輛郵電藍的自行車，實在是件隨著我走過了命運中印痕最深的一段行程，它不僅讓我騎著它有些得意地讀了一年半的高中，而且高中肄業以後，讓我每天騎著它到十里外的水壩子上當了兩年小工；甚至，還讓我騎著它到一百多里外的洛陽幹活掙錢，以幫助家庭度過歲月中最爲困難的一段漫長的光陰。

然而，最重要的似乎還不是這些，而是它滿足了我少年虛榮的需要，使我感到了生活的美好，使我對生活充滿了信心，感到一切艱辛都會在我的自行車輪下被我碾過去；感到世界上沒有什麼大不了的事情，只要敢於抬起腳來，也就沒有過不去的河，重要的是無論在什麼時候、在什麼景況下，都要敢於把腳抬起來。在那幾年裡，我總是把那輛自行車有鏽的地方塗上機油，把有亮光的地方擦得一塵不染，把它收拾得利索舒適，藉以抬高、加快自己人生的腳步。直到二十周歲我當兵離家以後，家裡因爲總有病人，急需用錢時又把這車以六十元的價格賣給了別人。

現在，二十多年後的今天，那輛郵電藍的自行車已不知身在何處。也許，它已不在人世，早已化爲泥灰。可我在當兵的第二年回到家裡時，在鎮街上見到過它。它的主人是位鄉下的漢子，趕完集後，騎著它從我面前走過，後架上馱著一頭上百斤重的活豬——我知道，它又在馱著一家農戶的日子。我一直望著那輛已經力不從心的郵電藍的自行車從我面前搖搖擺擺地走遠消失，想我怕永遠也再見不到這輛郵電藍的車子了。也竟果然，再也沒有見過。如今，每年回家走在鎮街上，我都忍不住要四處尋找張望。

二〇〇二年三月十二日

我是誰

我是誰，有點文化的人都這樣問，並無誰可以答曰。由此，隨朋友去他朋友家，他朋友家住在北京西長安街，房寬，人貴，物華。入得門去，見賓朋滿室，友人便向賓朋介紹我了。

說：「這是作家某某，寫過某某小說。」

大家斜地看我，不知小說某某是何。

友人看場面尷尬，又說：「部隊的，少校。」

大家看看我的便服。笑笑，點了頭，握了手，坐了。

一場不歡。

不久，回到老家。老家在豫西嵩縣田湖鎮上，窮地，縣是歷年的全省貧縣之首。從洛陽坐兩個小時長途客車顛顛蕩蕩，午時到嵩縣的田湖小鎮，汽車悠悠停了，有許多農民圍著車窗兜售煮熟的雞蛋和自己做的不夠衛生標準的袋裝汽水，還有自炒的葵花籽、西瓜籽等等。

村巷圍車窗的，只見舉起的手和物品；圍車門的，恨不得不收分文把那物品塞到客人的衣兜。我在下車的人流中間，待下得車來，村人把物品塞到我身上的時候，忽然認出我來，都說，哎呀，原來是你呀連科，吃吧雞蛋，自己家煮的。有一個小小的姑娘，把一袋汽水塞到我的手裡，轉身跑遠去了，沒有一句言語。望著她的背影，我想起來我曾和她哥同桌。還有別的，賣甜柑的，賣雜格（牛肉湯）的、賣蘋果梨的，都是同鎮的村人，都拉著我去吃一點什麼，哪怕是賣棗的一個紅棗。

有收工的鄰居，過來說了一聲回來了啊，跟上吃晌午飯了，就把我的行李挑在他的鋤上。我的叔伯哥們，在街上正幫人蓋樓，站在高高的架木之上，見我回來，大聲地喚著，對我說家裡沒人，母親到田裡去了，大門鎖了，讓我先到他家，由嫂子燒一碗水喝。

我應承一陣走去，看見了一群跑來的侄男甥女，拉著我的手要糖吃哩，還說他們的奶奶、外婆——我的母親在河灘鋤地，知我今天回來，怕到家早了，便借車子騎到田裡鋤地。

於是，我終知我是誰了。

掏鳥窩

在日光酷烈的盛夏，盛夏的午時，小麥將熟未熟，鄉村的街道上浮蕩著白濃濃的麥香。大人們擱下午時的飯碗，都歇午覺去了，把整個鄉村都交給了孩子。

這時候，我就和幾個同齡的孩子相邀而去，扛上誰家的梯子，提上柳條編的鳥籠，到鄰居家的房檐下，到村頭的樹林裡，先低頭察看一陣，看哪兒的地上有一堆一片的鳥糞，依此定斷那兒有沒有鳥窩；然後，再在鳥糞多的地方，悄然站下，豎耳靜聽，看有沒有小鳥饑餓的叫聲。

或者，看見鳥窩之後，沒有聽見小鳥的尖叫，就藏在那兒等待，等待那些孵蛋的鳥雀在窩裡的動靜。也許她孵得累了，會起來抖抖身子，換種姿勢，這時就有羽毛從空中落下；再或許，她在孵著不動，她的丈夫外出覓食去了，會回來給她送些吃食，或者回來替她孵上一會，讓她出去找些食點。總之，它們總是逃脫不了我們的耐心，會最終暴露給我們的淘氣。而我們，也大多是彈無虛發，馬到成功，每天中午都能掏出幾窩小鳥，或者一窩、兩窩的鳥蛋。然後，再把那鳥窩連窩端走，回到家裡養著小鳥，或用棉花孵那鳥蛋。

整個夏天，就這樣玩耍。

可是，有一天在我端著一棵榆樹上粗瓷碗似的鳥窩和鳥窩中紅毛茸茸的幾個小喜鵲回到家裡時，我看見我家牆上原來掛的八仙過海圖、牛郎織女畫和天女下凡的像被人揭去了；正堂桌上祖先的牌位不見了；還有爲祖先燒香用的精美的香爐被摔碎在了屋中央……屋子裡淩淩亂亂，佈滿灰塵，如被誰洗劫了一樣。

這是一九六八年的事情。那是一個特殊的年代，社會上正搞「文化革命」、「破舊立新」，抄家是常有的事。儘管我家是一戶普通鄉村最普通的農民。

從此，我就不再去掏鳥窩了，和長大了一樣。

二〇〇六年八月十二日於清河

操場邊的記憶

誰都知曉，人的一生，記憶之清晰莫過於童年留下的印痕。以此論之，關於軍人的記憶最爲清晰的，也許就是新兵的那段生活了。新兵的生活，是軍人最爲難忘的一段人生，不遜於一場戰爭在人生中留下的傷疤或者鮮花。

新兵是許多軍人眞正人生的開始，正如幼童聽到汽笛的第一聲鳴響，也許就開始了一個人航海或者登月的生命歷程一樣，而新兵中的一點一滴，許多時候，都被我們認爲是軍人生涯的最初預兆，所以它在記憶中總是蓬蓬勃勃，如火如荼。

回憶起來，穿著肥大的軍裝在一個寒冷的冬夜踏進軍營，一夜矇朧，一夜恐懼而又新奇的不安，第二天早早起床，邁著農民的腳步，第一眼看到的是近於無垠的操場，寬寬大大，在日光中平坦出使人敬畏的情感。那一場枯乾的野草，那野草上跳蕩出黃燦燦的馨息，都頗類於一個農民在一個早晨，獨自站在漫無邊際的田野所望到的一些情景。唯一有所不同的是，操場邊上排列的單槓、雙槓、木馬和障礙物，使我隱隱約約想到了軍人生活的一些嚴峻，還有遙遙立在操場最遠端的閱兵臺，它投下的暗影淺黑悠長，最爲能夠擴展一個新兵的想像。

正是這樣的景色，構成軍營中的一些獨特。這種獨特，不僅體現著環境意味，而且是一種文化的蔓延，如果它在你眼前呈現的是音符，你就會獲得一種人生的韻律；

如果呈現的是色彩，也許你就獲得了人生的畫感；如果呈現的是操場、木馬、單槓、雙槓和練兵的障礙物，既是它的本身，興許你就是一個眞正而實在的軍人了。無論你的軍旅生涯，是短短幾年士兵的摸爬滾打，再或是一生以軍銜爲標誌的人生晉升，你能在第一眼看見操場、木馬、單槓、雙槓和障礙物時，把這些東西都認作「軍品」，無論如何說，你就有了軍人最好的開端。也許，將軍之路，正從那一刻開始在你的腳下無聲地延伸也未可知。

這一切似乎都無定數，一如人生命運不可能像五十四張撲克牌握在我們手中一樣。雖然戲法多變，但終有定律。人生就是這樣，當你被歲月催行了許多行程之後，當你遭受了致命一擊，別人把噩耗傳來，你有能力坐在床前默想一會，從從容容地該幹什麼去幹了什麼時，再回憶你新兵的一些生活，譬如你和我一樣，回憶第一次從田野的地頭跨立在操場邊的感受，你會發現不定之中，也許有著一定的律節，不過那龐大的不定之中的微弱一定不是平凡的我們能夠捕捉而已，所以，命運總是掌握著我們，而我們總難掌握它的航向。

那時候，那個二十年前冬天的清晨，我獨自立在豫東的一個軍營的寂靜裡，默默地注視著最先走進我視野亦就走入我人生的一景一物，究竟想了一些什麼，委實已說不清楚。但那個時候，我的腦子裡決然不是空白。因爲在那酷冬之中，在那一片萎白的操場上乾厚的野草中，我發現了草下有了稀稀落落的青綠，我還撥下了一棵草芽放在嘴裡嚼出了濃烈的腥氣，至今那腥氣都還從我嘴裡朝著我四十歲的心脾擴散，就像我在家種地時時常摘一片樹葉含在嘴裡久久地品味一樣，這些都根深葉茂地生長在我的記憶之中。我不知道我到底在那操場邊站了多久，只記得初去時太陽從豫東平原粘粘拽拽地緩升上來，和大地的撕連，仿佛一片橢圓的富有彈性的發光橡膠，到後來砰的一聲，就脫離了大地的干係，獨自躍在空中成了堅硬獨立的火球。

這時候又有新兵站在了我的身旁，和我一樣，望著操場，也望著太陽。漸次的，人就多了起來，似乎一個新兵連的人都從新兵的陌生中站在了操場邊上。也就這個當兒，我對大家說了一句話，我說這操場多大喲，這麼平整，要種莊稼每年能打多少糧食呀。不消說，我這樣的語言，招來了許多人的不屑。我的一個同鄉，他是我的好友，這時候和善地朝我冷笑一下，說你別總想著種地，天安門廣場比這兒還大，比這兒還平，要種地比這兒還豐收，你能去種嗎？說完了，他又盯著我急問，你能去種地嗎？許多年之後，我的這位一心要做職業軍人，在部隊軍事素質最好，是團裡唯一的提幹苗子，可幾次提幹，卻因與他無關的種種原因，都沒能提將起來的同鄉在家鄉承包了大片山脈和土地，因爲連年不收，過著非常艱辛的日子。這使我想到他那時問我的話裡，有著多麼深刻的一些暗含。原來所謂的人生，就是讓你一生去幹你不想幹，不能幹的事情，若每個人都幹他想幹而又能幹的事，那也就不再是人生了。

而另一位那時同我並肩而立在操場邊上的在縣城是電影放映員的戰友，在新兵時期，他佇列、打靶從來都是不及格的，班長爲了幫他跳過木馬，曾經在他屁股上踢過幾腳，問踢你虧嗎？他說班長，一點不虧。那當兒，誰都認爲他是新兵連最沒出息的人，可在他用十六年的軍旅就完成了一段士兵至師政治部主任的奮鬥後，從而成爲一個軍區最年輕，最有前途的上校時，他不無得意地笑著告訴我說，他立在操場邊上時，腦子裡產生的第一個念頭就是，那操場是放電影的好地方，是敲鼓、唱戲的好地方。而我新兵連的另一戰友在那操場邊上站了站，則幹了一件驚天動地，光彩照人的事：他寫了一篇足有五百字的散文，名爲《練兵場上的草》，讓編輯稍爲塗改，被當作散文詩，發表在原武漢軍區《戰鬥報》的副刊上，這一下子轟動全團，分兵時所有單位都哄搶著要他。於是他很快就成了團裡的新聞骨幹。然而沒想到的是，他在提幹的前一天踏著風雨下連採訪時滑進一條深不過一尺的河裡，卻再也沒能從那河水裡走出來。

今天，我從結果出發，對原初去回憶和尋找，不消說，任何事情都可見其原因和結果，也不消說任何事情最爲重要的部分，則都是過程本身，無論這過程是奮鬥、沉淪、平庸，乃至墮落。因爲這些，我們就總是以爲原初和結果肯定有某種暗合，原初總爲過程開啓某一扇方向的門窗，爲過程搭下最初的橋樑。就是我們常說的，同一定之中存在著無常一樣，不定之中一定有著它隱暗的節律，只是看我們如何去尋覓與把握罷了。儘管無常和不定常常淹沒一切，但存在的卻總是存在著，如軍營操場上總有堂而皇之的野草生長，農民的莊稼地裡一年四季也都有穀棵糧禾對野草的掩蓋一樣，無非這些野草在不同人的眼裡有著不同的色彩、氣味和形狀，而野草本身，卻自有其不可改變的完全本性的色彩、氣味和形狀。它在不變之中而變更，在變更之中而固守。

這就是我們與生俱來別人告訴的做人的信條，把握命運的契機，送給比我們更年輕的人奮鬥的階梯和力量，可是我們卻從來沒有告訴他們一個人明明是向東走著，爲什麼卻到了落日的地方，爲什麼一個士兵傾盡心血要做職業軍人，結果卻回家種地，而另一個士兵，並不熱愛軍營，卻又成了註定要一生穿軍裝的軍人，而另一個富有才華、充滿朝氣的生命，腳下一滑，卻死在了不足一尺深的水裡。這一切都是因爲什麼？是什麼力量在支撐、左右著這一切？我們知道的那些人生定律無論如何是不能回答的，可我們又從來都是用萬能的人生定律來解釋一切。我們忘了無常的龐大、繁雜，忘了從根本上說，無常是一種存在，有常是無常中呈現的一種組合，而組合則會因爲任何一個環節的損壞和改變而重新回到無常。相信有常也許會使人活得努力，富有進取，可知道無常卻能使人活得明白、深刻、平靜，不至於出現人生中無常的跌落。

讓人家相信有常，也該讓人家知道無常，這才是一種眞正的善良和責任。

葡萄與葫蘆

租下了一處有院落的房子住。

院落柵欄的大門前，人一進來，門口的松木葡萄架就落落大方地用它的松香朝你迎接過來了——葡萄架上結滿了葫蘆——這北方特有但卻罕見了的迎客方式，讓任何一個到來的客人，都感愕然與驚喜。

四株新栽腕粗的葡萄樹，以它的矜持和慵懶，表示著把它從一塊肥地苗圃賣到這兒移栽的不滿與對抗，也是一種背井離鄉的愁思吧，顯示著它可以有綠葉生出，就對得起了你讓它移民他地的思緒與情緒。若還想讓它在一兩年的時間裡，就藤蔓滿棚，掛滿成串的葡萄，它是決然不會答應的。

葫蘆則不是那樣注重自己的身價與對故地那種不可分離的眷戀。給它水，給它通風和陽光，一週後種子就乖孩子樣從睡夢中醒來蹦蹦跳跳了。儘管是把它種在葡萄樹的樹坑裡，可它沒有寄人籬下的感覺，一吐出嫩芽和綠葉，就開始反賓爲主，在葡萄樹坑裡，借著葡萄樹的身子，自己一日幾寸、一日幾寸地朝著高處爬，而且是枝蔓橫生，越生越旺、越旺越生。只消一個月，一株葫蘆藤會生出十餘枝藤秧來。又一個月後，它就都爬到了葡萄架的頂格網棚上。並不需要你施肥，只要你每三天不要忘記給它澆次水，它就心滿意足地把它碧綠含烏的大葉鋪在了棚架上。

接著五月到來了。六月跟在五月的後邊，踩著五月的腳跟兒，兩株葫蘆從南北雙向朝著架子中央擴展和搶奪地盤。風和陽光在半空總是對葫蘆的秧葉有著特別的情感和交易，它們對半空的植物們，從來沒有小氣吝嗇過。而葫蘆秧也對陽光和風的慷慨還以風生水起、活色生香的瘋長和回報。

某一天，某一天的深夜裡，沒有人聽到葫蘆與月光有什麼密議和商談，但在來日月光未盡、而太陽漸漸生輝的交錯中，你看到葫蘆秧在它的頂部開花了。透亮的黃花，喇叭樣吹在天空間。不一樣的地方，是有的花口向天空，而有的花卻身在天空，花的嘴口朝著下。接下去，三朝五日間，有手指似的青皮葫蘆從那花處結出來。並且一出來，就有了一端均細、一端鼓粗的葫蘆雛形兒。且這些雛形葫蘆不是一個一個出生的，而是集中在某幾日，一生一批，像小豬崽樣一窩七八隻、十幾隻。

它們出生後，那些金色的葫蘆花就該謝落了，先是萎縮在葫蘆頭兒上，後就乾枯在那一片綠葉中，再就借著一陣風雨的吹襲，枯萎著落在地面上，散發著一股令人傷感的黴枯氣。爲了表示因爲自己的到來，葫蘆熟了而催老、催落了葫蘆花青春的歉疚，這時的小葫蘆，用整整一個月的沉默和凝結，幾乎是拒絕著長大與成熟，讓你擔心盛夏已經到來，它們在棚架上豎著垂掛著，還都是大拇指的模樣兒，這如何還有時間成長爲人頭似的大葫蘆？

擔心時季與葫蘆的不足。

擔心葫蘆種子中的陷阱。

擔心葫蘆遲遲地凝結著不育不長，是對主人只給它水分不予施肥的抵抗與報復。

可終於，在還未及給葫蘆補償一些肥料時，我同西班牙的朋友去了兩天承德。也就兩天兩夜的分別，回到門口的棚架下，突然到來的目瞪和口呆，讓你無論如何不知道在你走後的兩天內，葫蘆發生了怎樣的巨變和震耳發聵的動盪與聲響。就在兩天的時間裡，原來大拇指或小燈泡似的葫蘆們，忽忽然然間，叮叮咣咣成熟了，居然個個都長大到了人的頭顱樣。你無法相信，原來小葫蘆的凝止不長，是爲了等你離開兩天後，突然間要爆炸著長大成熟的，要在你不在時，回饋你一個目瞪口呆的喜悅和植物生長的巨大的謎。

一片兒，十八個，全都垂在葡萄架下邊，垂得那些藤秧都不得不朝半空扯著和掛著。爲了弄清葫蘆在突然間爆炸生長，而不是日漸長成的秘密，我在一天的半夜兩點多鐘起床，貓在葡萄（葫蘆）棚架下，偷聽那葫蘆生長的聲響，終於就在那月光中聽到了，大葫蘆和葫蘆葉爭奪水養的吵鬧和最後葉子妥協謙讓地把水養暫借給葫蘆的應答聲，聽見葫蘆在月光中抖擻著身子要把自己變成人頭大的得意，還看見水養沿著藤秧從地下向空中輸送的細微密集的蔚藍的管道，直到月光落去時，這些聲響和物形，都在暗淡中變爲一團泥漿的沉默和模糊。

到了十月，所有的葫蘆都成熟幹白了，沉重地懸在半空裡，讓所有路人的目光，都在他們身上停滯和驚歎。十一月，我把十幾個大葫蘆剪摘下來，擺在客廳，如擺在碩大葫蘆的展覽廳，等待著週末朋友和客人的到來，由他們對大葫蘆溢美地頌讚和挑選，以帶回自家裡掛在牆上裝飾和顯擺。

當然，我不會忘記把形象最爲周正、個頭也最爲魁梧的兩隻葫蘆提前藏起來，等待它自然風乾後，明年開春爲了庭院門口的葡萄架而從中取出它們的種子。然而，在下年春天我準備在葡萄樹的樹坑裡繼續下種葫蘆時，卻發現剛剛初春，別家他戶的葡萄樹，都還乾枯枝裂著，而我家的葡萄樹就早早發芽了。而且那嫩芽的星星點點間，枝幹上有一股光滑的水潤掛著、沾染著。這一年，我沒有在葡萄的樹坑中種葫蘆。因爲這一年葡萄樹如上一年葫蘆那樣的瘋生野長，僅一年時間它就爬滿棚架結滿葡萄了。所有路過我家門前的人，看著那滿架的珍珠大的葡萄，都驚奇我家的葡萄樹爲何可以長得那麼快。人家的一般都要三四年才可以爬滿架子結葡萄，而我家的只需要不到兩季的時間就夠了。

二胡與兒子

二胡是不用解釋的拉絃樂器，屬胡琴的一種，大於京胡，其琴筒爲木製或竹製，直徑約是八九個釐米，一端蒙以蟒皮或蛇皮。琴桿上設兩軫，張弦兩根，按五度關係定弦，用於獨奏、伴奏和合奏，聲音低沉柔和，表現力強，演奏悲壯的曲調，尤爲感人。

小時候極愛聽二胡，也有過學拉二胡之念，但不是其才，也就算了。哥哥有位同學，與我家同村，自幼二胡拉得出色，遠近皆知其名。村裡唱戲時，極多人不是爲了看戲，而是擠到檯子一角，去聽他的二胡。如村裡請來了名角演唱，那名角就先問是不是他拉二胡。如是到外邊去請劇團，就先要告人家說，村裡的二胡比你們劇團拉得不差，人家不信，要當場聽他一段。聽畢後，男演員不言，摸摸他的頭，來村裡唱了；女演員不摸頭，看他幾眼，來村裡唱了。他是村裡的驕傲。記得曾爬到棗樹上看過一晌戲，戲完了，卻不知唱了什麼，原來是看他拉了一晌二胡。

有孩娃出村，人問哪村的，不答村名，只說和他一個村，人家便知是田湖村的了。後來，縣劇團要排豫劇《紅燈記》，把他招走了，村人感到好大損失，見面都說，知道吧，他被縣劇團要走了。

對方聽了，愕然，問：「不回來了？」

答說：「連戶口都遷走了。」

二人都一陣靜默。在街上碰上的，這樣一問一答，便默默地擦肩相去了；在田頭碰著的，一問一答，到田裡做活了。都感到他的走離，是村上一件很哀傷的事。且一直哀傷了三年。這三年間，村裡的戲班再也沒有別處紅火了；去外地請名角來唱，憑空難了許多。直到三年後縣劇團到村裡演出，都看見他在劇團的樂隊中是拉第一把二胡，連五十餘歲拉了一生二胡的名手也坐在他的身後，那哀傷才徹底蕩盡，代之以滿村的興奮。第二天滿村只有兩句對話：

「看戲沒？他拉頭把弦子了。」

「看了，眞想不到呵……」

可惜，劇團只在村裡演了一場，就啓程走了。後來，我也當兵去了，只每年回家，聽到一些零碎消息：說縣劇團新編了一個歷史劇目，唱遍了豫西各縣，在洛陽唱了一月有餘，在鄭州香玉劇院唱了一週，均是場場爆滿；說河南劇界的權威也看了，說想不到一個山區小縣能編演這麼好的戲，還特意問了他的二胡；再後來，就聽說地區二胡賽，他拿了大獎，省裡二胡大賽，他奪得了前幾名。可在所有獲獎者中，他的年齡最小，且是小了十歲二十歲，震動了河南一位二胡前輩。從此，十餘年過去，我就時時想著這同村人，渴念能見他一面，能再享受他一耳二胡之韻。

然今年回到家裡，卻見他在鎮衛生院做劃價員。透過那一方小窗，處方出出進進，他把千百種藥價記得滾熟，滿滿的處方上的藥名，他只消搭眼一溜，即準確無誤地寫出了價格。看他的臉時，也有了許多歲月的艱辛，卻絲毫找不到拉二胡時隨韻而變的情律。再仔細去看，從那小窗中，就瞧見一塊四季風雨所耕作的田地。回到家裡，問起方知，他已離開劇團許多年了。再問，又答：

「有家有口了，還拉啥兒二胡。」

想二胡在他，畢竟也是一種生命，爲何就能丟棄得掉？瞎子阿炳若不是有那一把二胡，不就早飲恨黃泉了嗎？及至碰到原縣劇團的一位熟人，再問下去，那人長歎一聲，說莊稼人啊！便久久默然，告我說四川峨嵋電影製片廠，要拍省豫劇團一部古裝戲曲電影，點名要他去拉二胡，那時正值麥收，他要收麥沒去。後省劇團趕至峨嵋山，又電報催他速去，他覺得自己最遠行至鄭州，如何敢獨自一人出門遠行？仍是沒去。再後，土地分了，他妻小在家，他便調離劇團，到家門口工作，以種地養家了……

春節過後，電視上正播放八集電視連續劇《瞎子阿炳》。這時，我兒子的學校，號召學生學拉二胡，專門請了教師，要每個學生交八十塊錢，統一買二胡，交學費，妻兒再三和我商量，我斷然地拒絕了。

現在，那個學校的學生大都能拉出三調兩曲，唯我的兒子不能。學校統一組織學拉二胡的時候，我便讓兒子去玩一個盡情。

鎮上的銀行

或者「愛華」一樣。而它，就叫了銀行。叫了也就叫了，其實並無變化，村裡人知道那叫了愛軍或愛華的那人，也還是當年叫著小狗的那個孩娃。那叫了銀行的它，也還是叫過信用社的三間房子。變了卻也沒變，沒變卻也變著。

十幾歲時，我曾經去那銀行玩耍，一街兩行臥著的土坯房子，都在努力散著它的灰土氣息，宛若馬隊從田野上飛過之後，使土味塵味，有了沸騰的機緣。倒是銀行那三間青磚到頂的瓦屋，在街上顯得沉靜、莊嚴，雖然有些傲慢，但也不失大家閨秀的範貌。它鶴立在街的中央，散發著只有新磚新瓦才獨有的硫黃的香味。那三間瓦屋，兩邊住人，中間營業，磚砌了櫃檯，檯面用水泥（那時還叫洋灰）抹得鋥光瓦亮。而且，在那櫃檯面上，還豎了一排鋼筋柵欄，通向屋頂，這就顯出了它的威嚴、神秘和令人仰之的金貴的富有。我去玩耍時候，是看那銀行的地上鋪了青磚，正可以在那地上彈那玻璃球兒。也就在那彈了。滾來滾去，玻璃球落在磚地的聲音，和人家的琴棒落在弦上一樣。營業櫃裡那個織毛衣的姑娘似的媳婦，那時她已經有了身孕，臉是紅色，挺著肚子，雙手在織針和毛線上忙來忙去。她聽見了我的聲音，從那柵欄裡探頭看看，寬容地並沒有說句什麼，就又坐回了去。我也就繼續在那磚地玩著，彈著的玻璃球兒，讓發光的透明在那裡滾來滾去，還引來了許多別的孩子。

後來常去。

再後來，我就不知爲啥不再去了。

大約將近三十年以後，我已經從一個彈玻璃球兒的孩子到了中年，我家住著的那個有幾千口人的村莊，因當年是公社機關的所在地，現在就是了鄉政府的所在地；人口也從不到四千，翻番到了可統計的七千有餘。所以，鄉又被改爲鎮時，村就成了鎮子。可是銀行，卻還是那個銀行，如許多地方的縣被改爲了市後，街道還是那些街道，只是縣長叫了市長。

幾年之前，我同母親去那銀行存錢——幾千塊錢，放在家裡母親不安，說存到銀行安全，還能生息。也就陪同母親去了。趁著中午的日暖，踩著換成了水泥路面的街道，走進那原是鐵皮紅門的營業廳裡，才看見銀行也還有著變化。早先我打玻璃彈子的磚地，成了花白的水磨石地面；早先水泥面子的櫃檯，已經鑲了粉紅的瓷磚；還有那兩三寸寬的鋼筋柵欄，也都噴了銀漆。我們去時，還有漆香在那營業廳裡徐徐地飄著散飛。還有一個變化，就是當年打著毛衣守著營業的女人，那時已經不在。櫃檯裡坐著的是一個看著小說的小夥，他年輕、斯文，二十幾歲，戴了一副紅邊眼鏡；我們辦完存款手續，他還對我和母親說了一聲「謝謝，歡迎再來。」

從銀行出來，日光變得有些刺眼。

今年回家，看那銀行已經扒了。說不知爲何，上邊把它撤了。也就扒了房子，廢墟處的磚瓦上，有雞、狗動著臥著。有麻雀就站在一條花狗的背上尖叫。陽光明亮亮地照著它們，像照著一片在風中翻動的銀行的史頁。廢墟給雞狗營造的快樂，仿佛是一筆利息給它們建下的一片樂園。

二〇〇六年三月十五日於清河

老師！老師！

我又見著我的老師了，如朝山進香的人見到他自幼就心存感念的一位應願之神。在今年正月的陽光裡，也值正月的冬寒，我回家奔赴我三叔的喜喪事，也去赴辦我大伯三周年的莊重禮俗和紀念。在這閒空間，張老師到了我家裡，坐在我家堂屋的凳子上。

鄉間室內的空曠和淩亂，糾纏分隔著我與老師的距離與清寂。相向而坐，喝著白水，削了蘋果，說了很多舊憶的傷感和喜悅，諸如三十幾年前在初中讀書時，我的學習，我的作業，我的蹺課，還有我的某某同學學習甚好，卻因家中成分偏高，是著富農，似乎爺爺有著所謂剝削別人的疑嫌過，他便沒有資格就讀高中了。自然，一九七七年之後的那場平地起雷的高考，他也無緣於坐入考場掌試一下自己的命運了；還有另外一位苦澀的同學，不僅在學習上刻苦，還在書法上頗具靈性天賦，人在初一時，其楷正墨字，已經可與顏帖亂眞。可是後來，因著形勢家境，他不僅未考，而且緣於疾病，早早就離開了這個荒冷熱煩的世界了。

這個世界，對於有的人荒冷到寸草不生；對於有的人，卻是繁華熱鬧到天熱地燙，每一說話行走，都會有草木開花，果實飄香。然對於我的老師張夢庚，卻是清寂中夾纏暖意，暖意裡藏裹下刺骨的寒涼。生於上世紀的二十年代末梢，老師讀書輟學，輟學讀書，反反覆覆，走在田埂與人生的夾道中，經歷了來自日本的刀光槍影，經歷了國共拉鋸征戰的循環往復，之後有了四九年的紅旗飄揚，又經歷著從來都是饑餓辛勞，土改時家裡卻忽然成了地主，這樣的命運，大凡中國人都可想見其經歷與結果的曲折變形，荒冷怪異。

可是好在，他終歸識字，厚有文化，國家的鄉村，也最爲明洞文化的斤兩，雖然文化不一定就是尊嚴富貴，可讓孩子們認字讀書，能寫自己的名姓和粗通算術計量，也原是生活的部分必然。於是著，老師就成了老師。從一個鄉村完小，到另一個鄉村完小；從一個鄉村中學到另一個鄉村中學，直至中國有了改革開放，他被調入縣裡的一所高中，做了教導主任，最後主持這個學校的方方面面、雜雜落落的閑急高低，一晃就讓他全部人生的金貴歲月，四十三個春秋的草木枯榮，都在佈滿土塵、連學生教室的牆角地縫和桌腿，校長辦公室的地邊也常有青草蓬生的鄉村學校裡枯榮衰落，青絲白染。

不知道老師對他的人生有何樣的感想與感慨，從他寫的一本《我這一生——張夢庚自傳》的簡樸小冊裡，讀下來卻是讓人心酸胃澀，想到世事的強大和人的弱小，想到命運和生命多麼近乎流水在乾涸沙地的蜒蜿涓涓，奔襲掙脫，流著可謂流著，可終歸卻是無法掙脫乾涸與強大的吞沒。最後的結局，是我們畢業了，老師白髮了；我們我們就那樣坐著喝水聊天，說閑憶舊，直至夕陽西下，從我家院牆那邊走來有風吹日落那細微淡紅的聲響，老師才要執意地告別離去，不無快意樂福地說他的子女們都工作在外，孝順無比，眞是天有應願，讓他一生坎坷，教書認眞，到了年老，卻子女有成，學生有成，仿佛曲折的枯藤根鬚，終於也繁蔓出了一片樹木林地。老師從我家走去時候，是我扶他起的凳子；離開院子時候，是我扶他過的門檻；送至門口遠去的時候，是我扶他過的一片不平不整的地面。我的父親離開人世太早，扶著老師的時候，我就像扶著我年邁的父親。望著村頭遠去的父親般的老師，落日中他如在大地上走移的一棵榮過年邁的老樹，直至他在村頭緩漸的消失，我還看見他在我心裡走動的身影和慢慢起落的腳步，一等一的如同寧靜裡我在聽我的心跳一樣。

說不出老師哪兒偉大，可就是覺得他的偉大；說不出他的哪兒不凡，可就是覺得他的不凡。也許這個世界的本身，是凡人才爲眞正的偉大，而偉大本身，其實正是一種被遮蔽的大庸大俗吧。

二〇〇九年三月二十八日於北京花鄉七一一號院

中年了，老師枯衰了。我們成家者成家，立業者立業，而老師卻在寂靜的人生中，望著他曾經管教訓斥撫疼過的那些學生們，過著回顧和憶舊的生活，想著那些他依然記得、可他的學生們怕早已忘卻的過往。

還記得，初一時節，他是我的班主任，又主教語文，可在語文課裡的一天酷暑，我家棉花地裡蚜蟲遍佈，多得兵荒馬亂，人心恐懼，我便邀了班裡十幾個相好的男生同學，都去幫我母親捕捉蚜蟲。自然而然，教室裡那一天是空落閒置，學生寥寥，老師無法授課而只能讓大家捧書閱讀。從棉花地裡回校的來日上午，老師質問我爲什麼帶著同學蹺課，我竟振振有詞說，是帶著同學去棉花地捉了半天蚜蟲；竟又反問老師道，地裡蚜蟲遍佈，我該不該去幫我母親捕捉半天蚜蟲？說蚜蟲三天內不除掉去淨，棉花就會一季枯寂無果，時間這樣急迫，我家人手不夠，我請同學們去幫忙半天，我又到底做錯了什麼？

事情的結果，似乎我帶著同學們蹺課正合了校規憲法，適合了人情事律，反讓老師一時在講臺上有些啞言。回憶少時的無理與取鬧，強辭與拙倔，也許正是自己今天把寫作中那種敢於生編或硬套，努力把不可能轉化爲可能的早日開始。可是，在這次見著老師時，面對耄耋老人，給我一生養育呵護的父輩尊者，我心裡三十幾年不曾有的內疚，忽然如沙地泉水般汩汩地冒了出來。

時日複複地走著，物像也複複地變著，我兒事記憶的故鄉，雖在世事中變得緩慢，但總算沒有被這巨變著的世界，在不經意中扔至世外。原來村中沙土的大街，現在成了水泥的路面；原來土坯的草舍瓦堂，雖沒有江浙水鄉那樣樓墅的變化，但也隔三錯五的有兩層紅樓點綴在村裡，如同冬日質樸的原野上，偶爾開出的幾朵土色的花瓣，不算豔麗，也總還算奢侈的花兒。在那村裡，所謂複複地變著，其實是說，原來老街上各類店鋪中的藥房、飯店、郵局、商場，一切集日裡必須的買賣場所，都從村裡搬到了村莊外的一條街上。

那條新街，是一條寬敞的公路，一街兩岸上的紊亂、繁華，恰是時代在北方鄉村的寫照。而當年作爲逢五遇十招來四鄉百姓的熙攘街道，則被寂寞地扔在村中的原處，像一條被遺棄的舊皮帶，無奈地半卷半展在那有了千年的村莊之間，被稀落的人影踩著，與那老舊的瓦屋做著年老的旅伴，只有總是臥在街邊的狗和在老街上咕咕叫著的雞群，沒有顯出半點對它唾棄的意味。

還有，就是老街上不知爲何沒有搬走的那家銀行——那家銀行，在那裡坐落了有四十個年頭，早先的名字是叫信用社的，後來不知哪天就改叫了銀行。如同村裡的某個孩子，誰都知道他的名字是叫小狗，可有一天他卻有了大名，有了學號，叫了「愛軍」

塵照

二〇〇八年十月三十日，午時一點二十分，我躺在客廳沙發上打盹，睡淺夢稀，放在身邊茶几上的手機突然響起，起身回應，見是一個陌生號碼，猶豫著接了，聽出是三十年前一同參軍入伍的鄉村戰友從老家打來的遙遙長途。因爲有一戰友孩子結婚，大家相聚共賀，酒到酣處，想起當年軍營往事，念那戰友連科，便有我鄰街戰友用他的手機撥通我的電話，大家十一二人，都在那端輪流和我說話，問我身體，問我寫作，約定了下次回去，大家相邀小宴，見面說話，敘日憶情。

關掉手機，心中恍惚傷感，感歎三十年的水流光陰，猶如悠忽之間，不覺悲從心來，心裡仿佛冰水浸染，一絲涼意，源自心頭，沿著身後背脊，發冷地漫射到身體的各個部位。瞌睡沒了，呆坐一會，去抽屜翻出舊的相冊，看三十年前自己入伍時的塵照，看與那些戰友的青春合影，竟發現每張塵照不僅發黃髮脆，而且並無折損，可每一張中卻都有地圖般的開裂痕跡，且那裂痕淺白，線條明晰，完全是國畫中的線條白描，宛若著名的——原在河南三門峽黃河岸邊，後因水庫設建搬遷至山西境內的永樂宮牆壁上的泥土壁畫。也就一張張地細看琢磨，發現我站在一架大炮下的塵照上，頭頂那碩大的炮管上長出許多小草，還有一窩正在生蛋的小鳥，而那黑洞洞的炮口，開出一朵美豔的紅花。一張我和兩個同連戰友在一次拉練訓練中與一輛坦克的合影，本來我們三個都是全副武裝，腰插手槍，有些佯裝的威武，可那白描線條，卻把我推到了坦克遠處，而另外兩個戰友，一個在坦克上扶犁耕地，一個在田頭蹲著抽煙。

更爲奇的，是那張十二吋的退伍合影，大家二十幾人，都穿著最後的軍衣，筆挺的站在軍營裡的一排松樹前邊。可三十年之後，大家所有的攝影人像，都在那照片上褪盡消失，使那照片只還剩下舊的脆紙和模糊的兩棵老樹。且那原有的軍營松樹，也成了兩棵柿樹、梨樹。樹上的夏梨秋柿，果實纍纍，滿枝沉重，而原來樹下站人合影的地方，完全是一幅水墨農田，有水牛稻耕，有童笛牧吹，還有一方穀場勞作，正有男女老少，在那穀場上脫穀曬粒，迎著炎陽，把不穿的衣服掛在場邊的樹上，或隨手扔在穀場一邊。

我對著照片愣然半晌。

塵照似乎有話要說，忙又拿起手機，在通話記錄的欄目中找到剛才接到的那個電話號碼，反撥回去，接電話的是個鄉村少女，滿嘴都是我老家土香土甜的口音。我問她這是不是某某某的電話？她說是呀，某某某正是她爸。我說你爸在嗎？請你爸接個電話。她說她爸三天前去替鎭上的武裝部訓練民兵去了，手機忘在了家裡。我說是不是你爸的戰友某某某家的孩子今天結婚，你爸的戰友們都在那兒喝酒？她說結啥婚喲，人家的孩娃體檢合格，馬上就要應徵入伍去了；並說她爸的戰友們，也都忙著日子和掙錢，幾年沒有在一塊聚著見了。

我便愈發愣疑。

斷了通話，望著手機的方形鐵體，木然一會，推開屋窗，看見我家樓下對面馬路邊的某軍營大門，士兵們正在正步挺進著換哨，著裝嚴整，長槍胸掛，也便對事情經過，漸漸有了些覺悟。夜中思想，更是覺悟難當，便在次日記之，再將那些塵照細加整理，高閣收之。

二〇〇八年十月三十一日上午於北京

病悟

去年的事情。

去年回老家，感冒了。日常病症，並不怎麼放在心上，如不把一片樹葉落在頭上當做沉重樣。然卻日挪一日，不見好轉，且還鼻塞、咳嗽、發燒，忽時身冷身熱，也就決定去趟醫院。

醫院離我老家二三里，繞過村頭，踏著一片被鄉村繁鬧擠到遠處的小路，轉轉彎彎，就可到了。我就踩著那一繩小路，躲著繁鬧，繞著村頭走著。走著要路過一片開闊的莊稼地段，種的是小麥，季節是初冬，到處都已顯下荒涼，樹上無綠，只有偶捲偶掛的枯腐幹葉翹在天空，如浩藍天空中抖下的大塊塵灰在路邊上方浮著懸著。樹也多是鄉村泡桐，在路邊均勻站立直豎，顯得孤寂虛空。我就在那樹下走著，聽到了樹在風中的呢喃私語，聽到了枯葉從天空落下的呢喃嘰吱。就走著，總是抬頭，越過枯枝把目光仰向天空，和潔淨遼遠對視對語，說些什麼，直到脖梗累了，低下頭來，就看到一棵兩人抱不住的粗桐下邊，扔著一個東西，像汙了的玻璃樣有些隱隱的閃光。

我從那桐樹下邊走了過去，沒有在意那模糊的光亮，也沒有在意那光亮的一段物品。可是走著，又覺得我在背後丟了什麼；或者，有一樣東西，我該撿的，卻是沒有撿它。

猶豫著，想也許是一段被土埋的白玉，就又走了回去。彎腰，看那隱約閃光的東西，撿起，竟是一段在日光下扔著的腐白骨頭。也許是獸骨或豬骨，幾寸長，細於汽水瓶兒，且那骨上有了許多網裂和蟲蛀的小孔。想要扔掉，卻想起那骨頭也許不是獸骨、豬骨或牛骨。也許的，它是一段人的骨頭。記得少時在家，經常可以在田野某處或墳前的哪兒，撿到墳墓遷移時，漏落的人的骨頭在地上。想到是人的骨頭時，我渾身顫冷一下，差點像抓到了火樣把那骨頭扔出去。

可是我沒扔。

我把那骨頭慢慢放在面前了。面前是裸出地面的一根比碗粗的樹根。我坐在那樹根上，瞅著那段腐白骨。

我坐在樹根上，就瞅著那段腐白骨。

我就坐在那根碗粗袒裸的樹根上，怔怔瞅著那段腐白骨。

瞅著和想著，太陽落山了，最後的紅光從我面前探過來，試著鋪在那段腐骨上，把腐骨染上紅亮和燦然。接下來，那越了腐骨的光，爬上我的腳，爬上我的膝，爬到我臉上，把我的臉照得紅光滿面，溫溫暖暖，讓我感到一世界都是祥和溫煕了。這時候，我把那腐骨拿起來，放在泡桐樹的樹根旁，捧來麥田的土，把那骨頭埋在了樹根邊，抬頭看著潔淨的天，深紅的日，再看著面前兩人不可抱住的大桐樹，想到我家鄉蓋房時，人們多都用泡桐做房梁，也多用泡桐做死後的棺材板，就試著抱了抱那泡桐樹的粗。

這一抱，我豁然洞開了。

悟到了不可言說生死深奧了。

在那樹下站一會，我沒有再往醫院去，轉身朝著我家回去了。

沒看病，卻在回家的當夜就渾身輕鬆，燒退咳止，來日連半點感冒的徵兆都沒有。

二〇〇九年十二月三十一日晚

最初的啓悟

寫作需要有最爲原初的啓悟，如同成長中的嬰兒必須聽到母親給他（她）唱的第一首兒歌，講的第一個故事。把這原初的啓悟，追溯到老師身上，我想於我，應該是三十多年前，在初一的一次作文課上。因爲課文中有史達林寫給列寧的祭奠文章，很長，五千字左右，三個大段，每段又都有「一」、「二」、「三」的界分。老師用三天時間講完了那篇課文，要求每個學生，模仿課文和對課文內容的感受寫出一篇作文。而我，對那篇文章既感受不到它的作者史達林有什麼文采，也感受不到文中的主人翁列寧有什麼切實的偉大，唯一的學習收穫，就只能用一個字去概括那篇偉人寫給偉人的文章——長。

於是，也就用通宵的時間，寫出了一篇記人的作文，五千多字，同樣用「一」、「二」、「三」界分出三個大段。把作文交了上去，耐心地等了一週，待作文又發將下來時，同學們都爭眼奪目地搶看老師在作文後面用紅筆寫給每個同學的洋洋評語，這時我才發現，我用全班最長的作文，換回了全班最短的評語：「你的思路開了，但長並不等於就是好文章。」這個評語，表面沒有給我帶來褒獎的喜悅，然而「思路」二字，卻長時間縈繞在我白紙樣的腦海裡，直到今天，幾十年過去，我還總是要對「思路」二字不斷地進行品嚼和回味，如同回味、品嚼年少時偶然得到的一枚天果。

初中的「思路」，倘若是一把開啓我寫作之門的鑰匙，那麼，高中的另一位熱愛寫作的老師，大約是給我扭動鑰匙的膽量和力量的人。我不知道他是從哪兒調到我們學校，總之，是在開學很久，他突然出現在了高中語文課的講臺上。給我們講課時，他總是面帶含有譏諷的怪異笑容，嘴裡叼著一根很長的自製的炮筒子捲菸，對所講的課文，又總是要指出一些寫作上的不足，並說一些「這樣寫」不如「那樣寫」的話。

實在說，儘管他課講得很好，但沒有給同學們留下太好的印象，因爲他在講臺過「狂」，他的那種異容怪笑，也難以讓人接受。於是，同學們常常在校園裡躲著他行走。誰都弄不明白，他憑什麼可以在講臺上「狂講」，可以用叼菸怪笑來面對他的學生和他人。可是，在時過不久之後，不知從哪傳來一條消息，說他正在寫著一部小說，已經寫了十年有餘，而且要寫得比《紅樓夢》還長，和《紅樓夢》一樣偉大。這條消息在同學們中間不脛而走，傳得沸沸揚揚，於是，這沸揚的消息，也就回答了同學們對他所有的不解和疑問。那時候，我們誰都相信他能寫出一部新的《紅樓夢》來，因爲他在課堂上的笑容告訴了我們這一切。一個可以寫一部《紅樓夢》那樣小說的人，他怎麼可以沒有權利叼著自製的捲菸和面帶譏嘲的笑容，站在講臺之上，並以此容、此貌，去面對那個「文革」時的課本、學生和那時的鄉村社會呢？

可惜，我沒有聆聽到他多少次的授課，因爲高中沒有畢業，我就輟學外出打工去了。從此再也不知道他的寫作到了哪步田地。然而，正是他要寫一部《紅樓夢》那樣的小說的創作，掃清了寫作在我面前鋪就的朦朧與神秘，促使我在某一天的狂妄裡，大膽地握起了寫作之筆。今天，算將起來，已經過了三十餘年，我完全不知道那位給「思路」的張夢庚老師和「寫膽」的任文純老師，都是生活在什麼景況之中，然每每回憶起來他們，就總是想起父親、母親最初教我數數和給我講民間傳說、田野故事的那難忘的面容。想起父親、母親，又總是會想到他們在講臺上讓我那不能忘懷的講姿和作文後面點睛啓悟的評話。

二〇〇四年八月三十一日

樓道繁華

發現樓道是向著實在繁華進取時，我有些驚異我的發現和暗竊竊的笑。樓共六層，我家住五層。十年來的進進出出，把我從准青年拖到了正中年。人在眨眼間鈣化老去時，原來那幢風光向好、南北通透、人見人愛的家屬樓，也顯出陳舊衰相了。

起初，家家門前整潔齊畢的過道，不知從何時多都成了人們的雜物間。起初，樓梯上日日的帚過水洗、亮如容鏡，現在，幾乎每層、每天都有菸頭和寵物的尿水了。歲月酷烈，樓道美貌的失去，一如少女在歲月中的高速衰敗。三、四、五樓樓梯拐彎處的空當，永遠都堆著各戶歸己碼放的禮品盒，紙的，木的，金屬鐵皮的。有的是水果的包裝，有的是電器的外箱，還有的是製作精美豪華的箱盒與架木。這兒堆不下時，人們就堆到自家門前邊。無論誰人，從這樓道走過去，就像走過整潔美貌的垃圾場，雖然擁堵，卻也是有意無意的一種擺設和裝飾。因爲，那些師、局家的門前，堆的多是茅臺酒箱和冬蟲夏草的紙箱子；而二樓那處長家的門前，常是一些茶葉盒與菸箱子；那戶出版社編輯的門前邊，又常是一些舊報和雜誌。這門前的擺放，其實也正是各戶人家私秘外洩的視窗和展臺。

還有一戶年輕人，原是住著父房在這成婚的。他家門前的變化，與時俱進，是一段妙絕實在的社會發展史。那小夥是國企的一般職員時，他家門前的鋥光發亮、潔淨如洗，宛若他新妻純淨的臉。後來他做國企的股長了，那門前常會有些裝大蔥和鐵棍山藥的紙盒子。再後來，他當科長了，那門前就常堆一些新加坡和臺灣地區水果的紙箱子。又後來，他做了國企的技術副處長，那門前就和別家一樣堆滿了五糧液的紙箱和榮裝過蟲草、鹿茸以及一些別的高檔禮品的盒子。

還發現，樓下一家局長退休了，門前原來的繁華箱盒變得冷清而寂寥，有幾次那局長上樓梯時就順手把別家門前堆的茅臺的箱盒提到自家門前堆在空地上，像摘來了許多鑽石鑲在了自家門前般。總之說，樓道裡早就不再新容整潔、山清水秀了。然而，雖年年月月都堆放著各種紙箱廢物，卻也是這樓道發展向上、欣欣向榮的寫照和篇章。至於大家出門進門、上樓下樓那擁堵落腳的不便，也是發展中必須付出的代價和犧牲。

我家門前總是沒什麼擺，其冷清空落一如潔淨的不毛之地。因此，對面的書記家就不斷因地制宜，把從他家騰空的禮品箱盒堆到我家門前邊。妻子爲此苦惱抱怨，常罵這樓道住戶的公共素質差，又期盼也可以從我家每隔幾天就清理出一批禮箱禮盒把他們佔據的樓道失地收回來。只可惜，她的這種願望如渴望自己中年的歲齡回到青年樣。期望一個小說家的門前物華豐滿，正如期望堆滿鵝卵石的空谷長出靈芝來。

這個樓道並不會如書桌、書架樣屬於我，但它是樓下收破爛那老人福祉的奶與蜜。

從這樓道裡搬走成了我妻子、兒子的願望和念想，雖然一時無法實現，每日掛在嘴上的心願卻是輕易和有些美意的。被他們說得多了，煩了燥了亂了，有一天我果敢採取了行動和舉措，在各戶人家都上班安靜時，我把收破爛的叫進來，把樓道所有的紙盒、紙箱、報紙和廢物全都清理賣掉去，而後把各家賣廢物的錢都分開裝在各個信封裡，塞進各家的門縫中，把那個空亮潔淨的樓道重又還給了樓道、腳步和居者的眼。我每三天、五天這樣做一次。每次這樣做完，都像把自己寫的文章又修改謄抄了一遍樣，直到今年春節，我過年從老家回來，把堆滿樓道的箱盒又全部清理賣掉，把那每戶十幾、幾十元的錢分別塞到各家門裡後，不久我家門縫也忽然有了兩張紙條塞進來。一張紙條上寫著：「老閻，你是最好、最好的黨員啊！」另一張上寫著：「閻先生，看你寫小說也是一個可憐的人，以後把我家賣廢物的錢就當做你的稿費吧！」

這一天，我決定以後不再這樣勤潔去做了。同時間，也期望可以早日搬離這幢、這棟樓道了。

二〇一二年二月四日

條案之痛

一張條案告訴我：有的人一見他，你就會自卑；有的人一見他，你就會自傲。陳樂民叔叔和他夫人資中筠阿姨，每每見到，都讓我侷促不安，宛若侏儒到了巨者面前。

稱他們叔叔阿姨，知我有些攀親附高，可和他們女兒陳豐友情篤甚，又覺稱其先生老師，似乎遠疏散淡，也就長期這樣攀著叫了。究竟起來，我應該算是陳豐的一個作者。她居法國生活二十年，在那博士畢業之後，就留在巴黎繁忙，其工作之一項，是把中國文學介紹給法國讀者。在法攻讀期間，由她介紹翻譯的中國作家陸文夫的《美食家》，至今過去了十七八年，還在法國長銷。王安憶的《長恨歌》是中國小說語言最爲考究的一部大制，由她介紹打理，也在法國成爲一部經典譯著；還有蘇童、王剛、畢飛宇等，一大批知名和不知名的中國作家，都經她的推介努力，在法國有了自己的一片天下。我在法國譯介的所有小說與散文，也都是她努力和堅持的一種結局。緣於彼此對文學的同道，終於成了可以遞心坦誠的朋友，也就有機會到她家裡充做客人，見到我仰慕已久的學者和翻譯家資中筠阿姨。資阿姨的學識與氣度，常常對我有一種震懾之功，每次和她相處——儘管她總是和善地微笑，也讓我覺得在她的善良與笑容中，有著正氣之凜然，反倒比那種被權勢支撐的威嚴，更有某種力量和征服感。而對於陳樂民叔叔，並未那麼具體熟悉，只是知他原是社科院的歐洲專家，英語、法語都極為精練，關於歐洲政治、外交、文化的著作，洋洋海海，約有十幾卷；多年前他所演講集成的《歐洲文明十五講》，至今還是北京大學和其他高校研歐學子們的必備教材。還有，就是他在他家狹窄的客廳裡，坐在輪椅上，瘦削、潔淨、沉穩的面容，總讓人覺得，命運把一個思想奔放的人，固定在了牢籠般的空間裡，似乎把一個可以在世界圖書館中奔跑跳躍的健將，鋸去雙腿後，讓他只能流血低蹲在某個書架下或者書堆邊。

第一次見他時，他的病已經相當嚴重，必須每週兩次頻繁往復於醫院透析。這樣十年之後，仿佛一個樂觀於生命的老人，每三天一次，去上帝那兒求得一些吝嗇的日月，藉以看居室的視窗和陽臺上的日出日落，好和書籍、筆墨交流對話。史鐵生也是這樣的生活——在透析中思考生命與存在。和史鐵生相處交流，讓人感到生命的沉重和虛無。而陳叔叔在透析中和透析後，似乎思考得更多的不是生命，而是世界。史鐵生思考生命的世界；陳叔叔思考世界的生命。孰重孰輕，孰多孰少，仿佛生硬地比論石頭和樹，誰長得更好，更為有用一樣。他們的差別是，一個是作家，一個是學者；一個是中年，一個是年近八十的翁老。

有一次，我陪陳叔叔去醫院透析，扶他上車、下車間，他望著北京崇文門那兒的樓廈變化，臉上平靜淡然，彷彿望著一隅失落的世界，說了一句悠長平靜的話：「變化這麼快，難說是好事壞事。」他的語調輕緩，近於自語，但從他的語句中，讓人體會到他對世事和世界綿長的擔憂。也就是那次透析，我與資阿姨約好，等大家合適時候，一道去通州的高碑店一趟，爲陳叔叔買一張他滿意的條案書桌。

因爲，他們終於搬了家去。

終於，在去年夏天，陳豐從法國回來，快刀亂麻地用半個月的時間，把她家兩三處的碎房兌換成了一套大舍。所謂的大舍，只是那些小套的集中，有四間臥室，一個大廳。並不知七十多歲的資阿姨是如何在裝修中跑跑買買的，只知在裝修之後，這位本就瘦弱的前輩老人，又整整瘦去了十斤。然無論如何，這對中國最爲硬骨氣節的知識份子，終於有了相對寬敞的住處，有了他們各自的書房。書房對於普通的讀書人，似與農民之於土地一樣。而書房對於他們夫婦，則似危急中的空氣、水和最無言的呼叫。他們一生研究、著述、翻譯，家裡卻從來沒有過寬敞高大的書架；一生思考這個世界的境遇，卻永遠都在擁擠屈身的斗室之間。彷彿中國的知識份子，緣於本性是要對世事、世界的自由表達，就不該配有書房、書桌和書架一樣。現在，他們各自有了自己的書房——儘管都和自己的臥室同爲一屋，但畢竟都有了自己讀書、寫作的一個落處，有了各自思考的一個空間。尤其那個三十平米左右的客廳，雖然擺上餐桌、沙發和一排書架之後，並未顯得寬敞到天南地北，但在那客廳，對已難離輪椅的陳叔叔，卻也有了一條輪椅的徑道。大家爲這一處新居高興。爲書架、多寶格、電視櫃擺在哪兒更爲節餘空間並恰如其分而再三商磋討論，並爲可以滿足各自一生並未顯得不可或缺、但卻一生都掛在心上的某種基本的願念而感謝世界。

資阿姨把她那總是處於角落的舊鋼琴處理，加價換了一臺新的鋼琴。陳叔叔希望能有一張寬敞的寫字臺，讓他擺上同生命一樣珍貴的筆墨紙硯。而且對這寫字臺的要求，不是老闆桌的現代式樣，而是那種帶有傳統古舊氣息的書桌樣貌。

這樣，我們就相約在陳叔叔頭天透析後的來日，去了趟高碑店的仿舊傢俱街。

時候是去年十月，陽光和靜溫熙，秋時的景色淡在那條街上。偶或街邊的柳樹，掛著黃綠和跳動的雀叫。一家挨一家仿舊的傢俱店鋪，似乎把時光拉回到了明清時期。我知道，陳叔叔是非常「西化」的學者，對歐洲文化之通達，宛若一個人熟悉自己的指紋條理。甚至吃西餐、喝咖啡、聽西洋音樂，他都會視爲久離故鄉的人吃到了自己久違的家鄉飯菜。可那天在明清古舊傢俱街上走轉時，他的神情一直興奮光彩，步履輕便，仿佛一個完全健康的老人。我們看書架，看書桌，算計新居空間的尺寸和傢俱大小的搭配吻合。整整在那條街上逛有兩三個小時，雖然最後終因他臥室的空間有限，沒有買到恰如其分的書桌，但把理想壓縮之後，還是看上了幾張可以取而代之的條案。且最為重要的，不僅是條案桌子，而且還有資阿姨望著陳叔叔不常有的輕便腳步，有些激動地說道：「他已經好多年沒有這樣興奮過了，好多年沒有到外邊走過這麼多的路了。」

那一天，我在陳叔叔的身後，就像一個不會寫作業的孩子，跟在一個並不教小學的大學者的後邊，雖不敢多問一句有關學問的問題，卻是體會了一個西學甚好的老人，為什麼又那麼熱愛傳統，通達國學；為什麼愛喝咖啡又酷愛書法、繪畫，可以把自己的餘生，放在國學及書法和國畫上去。「治西學者不諳國學，則飄浮無根；治國學而不懂西學，則眼界不開。」這樣對東西方文化的認識，怕是只有他這樣東西通達的人，才能感悟和體會得到，才能寫出《文心文事》、《學海岸邊》和《臨窗碎墨》等那些以西見認識中國，以國學感悟世界的真正文化、厚重的書籍，而如我這樣號稱為作家，有一大堆故事、文字的人，在他和他的學識與對中國與世界的見解面前，也只有羞愧和沉默則更為得當。

然而，就是那次陪他去了高碑店的舊街之後，回到家裡，因為停電，他又爬了十層樓的臺階。從此，他的雙腿很快變得軟弱無力，似乎連呼吸的力氣也都耗盡去了。慌慌地住進醫院，讓體力、心力得到了一些恢復，爲了讓他從醫院出來，在新居家裡看到新舍、新置，也看到他心儀的那張條案，資阿姨從往返家與醫院的空隙，把看上的書架、飯桌等舊式傢俱，都儘快地運回擺好。自然間，爲了迎接他出院的喜悅，我們特意地再次去了高碑店的那條舊街，把反復看過的那張棕色栗木條案，不由貴賤紛說地買將回去，讓它在陳叔叔的臥室一側，得體安靜地立著等待最需要它的人從醫院回來，在它光滑暗亮的案面上寫字、繪畫，記下他對中國和世界的比較與思考。

然而，條案如期所願地擺在了那兒——它的主人——那位原最需要它的學者，卻再也沒有從醫院走出來。他既沒有在那條案上擺下硯臺，握著毛筆，寫一個書法漢字，也沒有在那條案上鋪開宣紙，創作一草半鳥，一隅詩界畫世，更沒有在那兒寫出一篇他滿腹中西經綸的思考文章。甚至說，他因爲很快住進重症監護室裡，就是親人也不能接觸言語，結果是，他連他生前終於擁有了一張期待的條案也不曾知道。

去年的十二月二十七日，陳叔叔默然地去了。

現在，在他生命的最後，在終於擁有的那張可以書寫、繪畫的條案上，擺了他的遺像、骨灰和筆墨。一個少有的西學的專家，永遠地和中國傳統的條案相廝相守在了一起。他們每天都在以他們的清寂交流、對談著各自的命運和對西方、東方的認識與理解，思考著一個民族在世界中的擴展與扭曲，現實與未來。而留在條案上和條案周圍空白、清寂的疼痛，則每天每時，都在言說、記錄著一代知識份子對世界認識、表達的渴望和無奈。

二〇〇九年十一月十一日

我本茶盲

對於北方人來說，喝茶其實是一種奢侈，黃土寡薄，哪裡生養得起那些嬌貴的茶喲。兒時的鄉村，誰家的罐中藏些茶葉，那家家境一定是有些殷實，一定是有人在外邊的某個城市工作。茶葉，也是某一類家庭的象徵。而那些藏有茶葉的家庭，也是不喝茶的。之所以藏著，是因爲左鄰右舍誰家孩娃飯吃多了，不能消化，有了積食，據說可以泡些茶葉水以當藥用，消食化積。

可想，在北方，在北方的鄉村，茶葉的尊貴。

我是在當了兵後，才喝上了人生第一杯泡了茶葉的開水，微苦、微澀，並沒有感到它有多麼的爽口，但那是指導員特意給我泡的，爲了讓我好好爲黨工作，樹立正確的入黨觀、人生觀，爲實現共產主義而努力奮鬥，才撮了幾枝放在一個玻璃杯中。因此，我更加體會到了茶葉於我意義的深刻、沉重，彷彿一個病人藥鍋中的人參。後來，提了幹，宣傳科的辦公室裡總是放有茶葉，科長和幹事們上班之後，第一件事就是先給自己泡一杯茶水，肅穆地和軍帽並列放在桌角。自覺公家的茶葉，公家的開水，別人都喝了，我不喝是顯然的吃虧，且，你是黨的機關幹部，不喝茶葉水也顯然是故意與眾不同，也就漸漸喝了；加之那時白天上班，晚上要習作小說，人家說喝濃茶可以驅趕瞌睡，一試，果然。也就或多或少，有了淺淺的茶癮，生活中差茶水，彷彿吃了一碗乾飯沒有喝湯一樣。

不過，茶的好壞，品質優劣，對我一概構不成什麼鼓勵與傷害、遺憾和失落。說起來，也算斷斷續續喝了二十年的茶了，紅茶和綠茶之別，大多是泡在水裡之後，我才能分辨出來。這樣的品茶水準，其實正如一生走路的人，永遠無法分清軟鞋底兒與硬鞋底兒誰更適合行程一樣。軟的底兒，柔腳卻易於磨損，硬的呢，刺腳但堅實。

當然，因為改革開放，鞋已經有了柔而堅實的鞋底，可茶，少見有人紅綠各半地泡飲，如果真有，那也一定是如我這樣的北方茶盲。說到茶盲，對我來說名副其實，和我自己總說自己半生沒有寫出一篇好小說一樣是實事求是。喝過碧螺春，忘了是什麼味道；喝過龍井，也記不起它是什麼滋味。總之，分辨不出它們二者的差異，也分辨不出它們與一般常茶的高下。有次一位中將，打開自己裝機密檔的保險櫃，取出一桶茶來，給我泡了一杯，說小閻，你嘗嘗這茶。讓我把泡茶的第一道水適時倒了，又適時續上第二道水之後，他問：「好嗎？」我咂咂嘴道：「好。」又從杯中銜出一枝直豎蓬勃的綠葉在嘴裡細嚼了許久，像剛剛鑲上金牙的人不斷地用舌頭去舔那金牙一樣。因爲這個有些逢迎的動作，中將還說我對茶葉有些內行。可從中將的辦公室裡出來，同行的人問我，剛才中將給我泡了什麼茶？我說喝不出來。又問，好嗎？我說，說不上來。

還有一次，一個記者摯交，在過春節之前，給我送了一桶茶葉，說是臺灣的什麼名貴品種，二百五十克，需八百四十元錢，當時打開看了，發白，有層絨毛，樣子的確與衆不同。待他走後，我想把它賣了，半價也行，正好寄回老家讓母親或姐姐們過年，所以只要有朋友到我家裡，我便拿出那桶茶葉推銷，他們都說那茶確是好茶，願要，不願出錢。末了我就只好將那桶名貴自己喝掉，發現那桶茶葉的味道的確特別，每一口都有喝了金水銀湯之感。

喝過功夫茶，覺得費時費勁；喝過各種毛尖，覺得大同小異；喝過發黴變質的茶葉，覺得要比白水有味。所以，我就覺得那些發現喝綠茶宜於讀詩，喝紅茶適宜讀小說，喝碧螺春適合讀杜牧的清詞麗句，而喝白毫、紫筍適合讀讀古文的人，實在明白人生，活出了詩意；而像我這樣愛喝茶的糊塗茶盲，眞眞是白白活了一場。茶盲又要每天喝茶，每天喝茶又對茶道一無所知。對名貴喝不出味道，對黴茶、常茶，覺得總比沒有茶好，這樣的人，和混在兔群中的羊沒有什麼差別。

明天我又要回老家辦事，還是捎二斤茶葉放在母親專門儲茶的那瓦罐裡吧。母親說，村裡誰家孩娃有了積食不化，甚或誰家小夥子找物件要和姑娘見面，常去她那兒討要茶葉，因爲她有一個兒子工作在外。

平凹說佛

幾年之前的一個筆會，在遼寧錦州。會間大家去錦州轄縣參觀一個古廟。

古廟本無太多可以記憶，如樹木在林地最易讓人疏忽一樣。更況且，我是那種對人文極爲無知的人，只是大家都去，也就從眾去了。路上，和許多人聊天。到了下車，和賈平凹齊肩，邊說邊走。因著邊走也才邊說。說走中，緣於對他寫作的敬重，從不敢像別人那樣似熟非熟地叫他老賈，也不敢和他勾肩搭背，二人只是那麼彼此客氣，彼此敬著，彼此有著心距，又彼此很感親切。就說就走，齊肩踏進了廟的大堂。

那廟和他處寺廟並無二致，青磚青瓦，雕樑畫棟，佛塑高大，字畫滿堂。人就擁著進了，扯話和聊語，頓時冷結下來。原來，所有的人都是知的，在神前佛邊只可靜默虔敬，不可喧嘩胡說。就都在靜默中緘腳緘手，屏聲屏息，看這看那。我不知道別人都看了什麼，如來、菩薩、金剛、匾額、對聯，大抵也就如此罷了。而我除了這些，還看到了和佛像不諧的一景：入門正對面的高大牆上，有畫墨入木的一幅巨制的菩薩木刻像，像的兩側，是木刻的一副對聯。對聯的內容，我並未仔細去讀，只是看到那木刻對聯的右掛，因爲老舊，緣或別的原因，從牆上垮了下來，倒歪，下垂，隨時都會掉下一樣，連帶視角的關係，因爲右掛欲落，似乎拉得菩薩的掛像也不周不正，不是那麼端莊。

從廟裡出來，平凹問我：「怎樣？」

我說：「最該把菩薩像兩邊的掛聯掛個對稱周正。」

他就回頭看了。

只看了一眼，輕捷如飛的一瞟，就又回頭來說：「連科，不是那掛聯和像掛得不正，是我們的眼睛不正呢。」

我啞然悟開。從此記住平凹兄的與我說佛，甚於所有人、所有小說中所有的細節與情節，都沒有這次說佛讓我如此咀嚼意味，入耳難忘。

二〇〇九年十二月二十八日晚

一個人的三條河

生命與時間是人生最爲糾結的事情，一如藤和樹的纏繞，總是讓人難以分出主幹和蔓葉的混淆。當然，秋天到來之後，樹葉飄零，乾枯與死亡相繼報到，我們便可輕易認出樹之枝幹、藤之纏繞的遮掩。我就到了這個午過秋黃的年齡，不假思索，便可看到生命從曾經旺茂的枝葉中裸露出的敗謝與枯乾。甚至以爲，悅然讓我寫點有關作家與死亡、與時間的文字，對我都是一種生命的冷涼。但之所以要寫，是因爲我對她與寫作的敬重。還有一個原因，是朋友田原從日本回來，告訴我了一個平緩而令人震顫的訊息，他說谷川俊太郎先生最近在談到生命與年歲時說到：「生命於我，剩下的時間就是笑著等待死亡的到來。」

富有朝氣、卓有才華的詩人兼翻譯家田原，年年回來總是給我帶些禮物。我以爲他這次傳遞的訊息，是他所有禮物中最爲值得我收藏的一件。在日本的亞洲文學，或說世界文學，大江健三郎、谷川俊太郎和村上春樹，約是最爲醒目的鏈環。他們三個人中，詩人谷川俊太郎年齡最長，能說出上邊的話，一是因爲他的年歲，二是因爲他的作品，三是他對自己作品生命的自省和自信。由此我就想到，於一個作家而言，關於時間、關於死亡、關於生命，可從三個方面去說：一是他自然的生命時間，二是他作品存世的生命時間，三是他作品中虛設的生命時間。

自然的生命時間，人人都有，無非長短而已。正因爲長短不等，有人百歲還可街頭漫步，有人早早夭折，如流星閃逝。這就讓活在中間的絕大多數，看到了上蒼對人的生命之無奈的不公，滋生的人類生命本能最大的敗腐，莫過於對活著的貪求與渴念，因此膨脹、產生出活著的無邊欲望和對死亡莫名的恐慌。

我就屬於這絕大多數中最爲典型的一個。在北京，最怕去八寶山那個方向。回老家最害怕看見癱坐在村口曬陽的老人和病人。十幾年前，我的同學因爲腦瘤去世，幾乎所有在京的同學，都去八寶山爲他送行，唯獨我不敢去那兒和他最後見上一面。可是結果，大家去了，在傷感之後，依然照舊地工作和生活，而我卻每天感到隱隱的頭痛頭脹，嚴重起來如撕如裂，於是懷疑自己也有腦瘤，整整有半年時間，不寫作，不上班，專門地托親求友，去醫院，找專家，看腦神經、腦血管和大腦相關的各個部位。單各種CT和核磁共振的片子拍得有一寸厚薄。醫院和專家，也都不惜你的錢，看見小草就說可能會是一株毒樹，不斷地引領你從感冒的日常遙望癌症的未來，直到最後在北京醫院求見了一位八十多歲的腦瘤專家，他在比對中看完各種片子，淡淡問我：「你看病自費還是報銷？」我說：「全是自費。」他才朝我一笑，說你的頭痛頭脹，還是頸椎增生所致，回家按頸椎病按摩去吧。

實話說，我常常爲死亡所困，不願去想人的自然生命在現實中以什麼方式存在才算有些意義。躲避這個問題，如史鐵生一定要把這個問題想清弄明的執著一樣。比如寫作，起初是爲了通過寫作進城，能夠逃離土地，讓自己的日子過得好些，讓自己的生命過程和父母的不太一樣。後來，通過寫作進城之後，又想成名成家，讓自己的生命過程和周圍的人有所差別。可到了中年之後，又發現這些欲望追求，與死亡比較，都是那麼不值一提，如同我們要用一滴水的晶瑩與大海的枯乾去較眞。

誠實坦言，直到今天，我都無法超越對死亡的恐慌，每每想到死亡二字，心裡就有種灰暗的疼痛。會有種大腦供血不足的心慌。就是兩三年前，北京作協的老作家林斤瀾先生因病謝世，我找不到理由不去八寶山爲他送行，回來後還連續三個晚上失眠煩惱，後悔不該去那個到處都是「祭」字、「奠」字和黑花、白花的地方。現在，弄不明白我爲什麼要繼續寫作，我就對人說：「寫作是爲了證明我還健康地活著。」我不知道這句話裡有多少幽默，有多少準確，只是覺得很願意這樣去說。因爲我不能說：「我寫作是爲了逃避和抵抗死亡。」那樣會覺得太過正經，未免多有秀演。可把死亡和寫作，把一個人的自然生命和文學聯繫在一起時，我實在找不到令我和他人都感更爲貼切、更爲準確，又可信實的某種說辭。

我常常在某種矛盾和悖論中寫作。因為害怕和逃避死亡才要寫作，而又在寫作中反復地、重複地去書寫死亡。我說《日光流年》是為對抗死亡而作，其實也可以說是因恐懼死亡而悠長的歎息。《我與父輩》中有大段對死亡淺白簡單的議論，那也其實是自己對死亡恐懼而裝腔作勢的吶喊。我不知道我什麼時間、在什麼年歲可以超越對死亡的恐慌，但我熟悉的谷川俊太郎先生，在年近八十歲時說了「生命於我，剩下的時間就是笑著等待死亡的到來」那樣的話，讓我感到溫暖的震撼。這句對自然生命與未來死亡的感慨之言，我希望它會像一粒螢火或一線燭光，在今後的日子裡，照亮我之生命與死亡那最灰暗的地段和角落，讓我敢於正視死亡，如正視我家窗前一棵樹木的歲月枯榮。

如果把人的自然生命視為一條某一天開始流淌、某一天必然消失的河流，於作家、詩人、畫家、藝術家等等相類似的人而言，從這條河流會派生出另外的一條河流來。那就是你活著時創作出的作品的生命時間。曹雪芹活了大約四十幾歲，而《紅樓夢》寫就約近二百五十年，似乎今天則剛入生命盛期。沒有人能讓曹雪芹重新活來，腐骨重生，可也沒有人有能力讓《紅樓夢》消失死去，成為廢紙灰燼。卡夫卡四十一歲時生命消失，而《城堡》、《變形記》卻生命漫延不衰，歲月久長久長。他們在活著時並不知自己的作品會生命久遠，宛若托爾斯泰活著時，對自己的寫作和作品充滿信心。一個畫家不相信自己的作品可以長命百歲，並不等於他不理想著自己的作品生命不息。一個作家之所以要繼續寫作，源源不斷，除了生存的需求，從根本去說，他還是相信，或者僥倖自己可以寫出好的、乃至偉大的作品來。如果不怕招人謾罵，我就坦然我總是存有這樣僥倖的莽撞野願。但我也知道，事情常常是事與願違，倍力無功，如一個一生長跑的運動員，到死你的腳步都在眾人之後。你的衝刺只是證明你的雙腳還有力量的存在，證明你在長跑中掉隊但沒有選擇放棄和退出。如此而已，至多也就是魯迅歌頌的「最後一個跑者」罷了。

在中國作家中，我不是寫得最多的，也不是最少的；不是寫得最好的，也不是最差的。我是擠在跑道上沒有停腳者的一個。跑到最前的，他在年老之後，可以坦然地站在高處，面對夕陽，平靜而緩慢地自語：「生命於我，剩下的時間就是笑著等待死亡的到來。」因為他們在時間中證實並可以看到自己作品漫延旺茂的生命，而我於這些證實和看到的，卻是不可能的一個未來。何況現在已經不是一個閱讀的時代。何況已經有人斷言宣佈：「小說已經死亡！」在我來說，我不奢望自己的作品有多長的生命力，只希望上一部能給下一部帶來寫作的力量，讓我活著時，感到寫作對自然生命可以生增存在的意義。

今天，不是文學與讀書的時代，更不是詩歌的時代，可谷川俊太郎的詩在日本卻可以每部印至三萬餘冊，一部詩選集印刷五十餘版，八十多萬冊，且從他二十歲到七十九歲，六十年來，歲歲暢賣常賣。這樣我們對詩人已經不可多說什麼，就是聶魯達和艾青還活著，對今天日本人癡情於某位詩人的閱讀，也只能是默默敬仰。這位詩人大可以以「笑著等待死亡的到來」的姿態面向未來。而我們一生對寫作的付出，可能只能換回當年爛俗的保爾．柯察金的那句名言：「當他回首往事時，不因虛度年華而悔恨。」如此虛胖的豪言，也是寫作的一種無奈。作品的存世，只能說明我們活著的方式。希望自己寫出傳世之作，實在是一種虛胖的努力，如希望用空氣的磚瓦，去砌蓋未來的樓廈。但儘管明白如此，我還是要讓自己像唐吉訶德一樣戰鬥下去，寫作下去，以此證明我自然生命存在的某種方式。「決然不求寫出傳世之作。一切的努力，只希望給下一部的寫作不帶來氣餒的傷害。」這是我今天對寫作、對自己作品生命的唯一條約。

努力做一個不退場的跑者，這是我在戰勝死亡恐懼之前的一個卑微的寫作希望。

有一次，博爾赫斯在美國講學，學生向他說：「我覺得哈姆雷特是不眞實的，不可思議的。」博爾赫斯對那學生道：「哈姆雷特比你、我的存在都眞實。有一天我們都不存在了，哈姆雷特一定還活著。」這件事情說的是人物的眞實和生命，也說的是作品的永久性。但從另一個側面說，探討的是作品和作品中的內部時間。作家從他的自然生命之河中派生出作品的生命河流。而從作品的生命河流中，又派生出作品內部的時間和生命。作品無法逃離開時間而存在。故事其實就是時間更爲繁複的結構。換言之，時間也就是小說中故事的命脈。故事無法脫離開時間而在文字中存在。時間在文字中以故事的方式呈現，是小說的特權之一。

二十世紀後，批評家爲了自己的立論和言說，把時間在小說中變得乾枯、具體，如同呈現在讀者面前的一具又一具的木乃伊。似乎時間的存在，是爲了寫作的技術而誕生；似乎一部偉大的作品，從寫作之初，首先要考慮的是時間存在的形式，它是單線還是多線，是曲線還是直線，是被剪斷後的重新連接，還是自然藤狀的表現。總之，時間被擱置在了技術的曬臺上，與故事、人物、事件和細節剝離開來，獨立地擺放或掛展。時間欲要清晰卻變得更加模糊，讓讀者無法在閱讀中體會和把握。而我願意努力的，是與之相反的願望和嘗試，就是讓時間恢復到寫作與生命的本源，在作品中時間成爲小說的軀體，有血有肉，和小說的故事無法分割。我相信理順了小說中的時間，能讓小說變得更爲清晰。在理順之後，又把時間重新切斷整合，會讓批評家興趣盎然。

可我還是希望小說中的時間是模糊的，能夠呼吸的，富於生命的，能夠感受而無法簡單地抽出來評說晾曬的。我把時間看做是小說的結構。之所以某種寫作的結構、形式千變萬化，是因爲時間支配了結構，而結構豐富和奠定了故事，從而讓時間從小說內部獲得了一種生命，如《哈姆雷特》那樣。

人的命運，其實是時間的跌宕和扭曲，並不是偶然和突發事件的變異。我們不能忽視小說中的人生和命運裡時間的意義。時間在根本上左右著小說，只有那些膽大粗疏的寫作者，才會不顧及時間在小說中的存在。理順時間在小說中的呈現，其實就是在亂麻中抽出頭緒來。有了頭緒，亂麻會成爲有意義的生命之物。沒有頭緒，亂麻只能是亂麻和垃圾堆邊的一團。

我的寫作，並不是如大家想的那樣，要從內容開始，「寫什麼」是起筆之源。而恰恰相反，「怎麼寫」才是我最大的困擾，是我的起筆之始。而在「怎麼寫」中，結構是難中之難。在這難中之難裡，時間的重新被條理，可謂是結構的開端。所以，我說「時間就是結構，是小說的生命。」我用小說中的時間去支撐我的作品。用作品的生命去豐富我自然生命存在的樣式和意義。反轉過來，在自然生命中寫作，在寫作中賦予作品存世、呼吸的可能，而在這些作品內部虛設的時間中，讓時間成爲故事的生命。這就是一個作家關於時間與死亡的三條河流。生命的自然時間派生出作品的存世時間；作品中的虛設時間獲得生命後反作用於作品的生命；而作品的生命，最後才可能讓一個作家在年邁之後，面對夕陽，站立高處，可以喃喃自語道：

「生命於我，剩下的時間就是笑著等待死亡的到來。」

二〇一〇年十月一十四日

二魚文化　文學花園　C098

一個人的三條河

作　　者／閻連科
封面攝影／焦　桐
責任編輯／鄧文瑜
美術設計／費得貞
編輯主任／葉菁燕

出 版 者／二魚文化事業有限公司
地址　106 臺北市大安區和平東路一段 121 號 3 樓之 2
網址　www.2-fishes.com
電話　(02)23515288
傳真　(02)23518061
郵政劃撥帳號　19625599
劃撥戶名　二魚文化事業有限公司

法律顧問／林鈺雄律師事務所
總 經 銷／大和書報圖書股份有限公司
電話　(02)89902588
傳真　(02)22901658

製版印刷／優驊科技印刷有限公司
初版一刷／二〇一三年十月
I S B N／978-986-5813-10-9
定　　價／二五〇元

國家圖書館出版品預行編目(CIP)資料

一個人的三條河 / 閻連科著. -- 初版.
-- 臺北市 : 二魚文化, 2013.10
224面;14.8x21公分. -- (文學花園 ;
C098)
ISBN 978-986-5813-10-9(平裝)

855　　102018680

版權所有・翻印必究
（本書如有缺頁或破損，請寄回更換）
題字篆印　李蕭錕

二魚文化